一本练透

初中数学
函数

新东方教研中心 编著

浙江教育出版社·杭州

目录

考点 ① 平面直角坐标系

笔记清单

● 平面直角坐标系

	象限及坐标轴	特殊直线	
点 (a, b) 的位置及符号特征	$(-, +)$ ⬥ $(0, +)$ $(+, +)$ $(-, 0)$ O $(+, 0)$ x $(0, 0)$ $(-, -)$ ⬥ $(0, -)$ $(+, -)$ （注意）两条坐标轴上的点不属于任何一个象限.	在第一、三象限角平分线上	$a = b$
		在第二、四象限角平分线上	$a = -b$
		在平行于 x 轴的直线上	纵坐标相同
		在平行于 y 轴的直线上	横坐标相同
点 (a, b) 到特殊直线的距离	$y = m$ $\cdot (a, b)$ O x $x = n$	到 x 轴的距离：$\lvert b \rvert$	
		到 y 轴的距离：$\lvert a \rvert$	
		到直线 $y = m$（m 为常数）的距离：$\lvert b - m \rvert$	
		到直线 $x = n$（n 为常数）的距离：$\lvert a - n \rvert$	

● 点坐标的变换

平移变换

点 (x, y)	向上平移 $a(a > 0)$ 个单位长度	$(x, y + a)$
	向下平移 $a(a > 0)$ 个单位长度	$(x, y - a)$
	向右平移 $a(a > 0)$ 个单位长度	$(x + a, y)$
	向左平移 $a(a > 0)$ 个单位长度	$(x - a, y)$

对称变换

点 (x, y)	关于 x 轴对称	$(x, -y)$
	关于 y 轴对称	$(-x, y)$
	关于原点对称	$(-x, -y)$
	关于点 $Q(m, n)$ 对称	$(2m - x, 2n - y)$
	关于直线 $x = m$ 对称	$(2m - x, y)$
	关于直线 $y = n$ 对称	$(x, 2n - y)$
	关于第一、三象限的角平分线对称	(y, x)
	关于第二、四象限的角平分线对称	$(-y, -x)$

总结

1. 点的左右平移，横坐标满足"左减右加"；点的上下平移，纵坐标满足"上加下减".

2. 点关于哪条坐标轴对称，则哪个坐标不变，另外一个坐标变为原来的相反数，简记为"关于谁对称谁不变".

● **平面直角坐标系中三角形面积的求法**

1. 规则三角形：找出规则线段边上的高，利用面积公式直接求面积. ——含有一条或两条规则线段的三角形.

规则线段：平行或垂直于 x 轴或 y 轴的线段，长度可由端点坐标之差求出；

不规则线段：不平行或垂直于 x 轴或 y 轴的线段，长度可由两点距离公式求出.

2. 不规则三角形： ——三条边都不是规则线段的三角形.

方法	说明	图示	求解
分割法	把不规则三角形拆分为两个规则三角形的面积之和	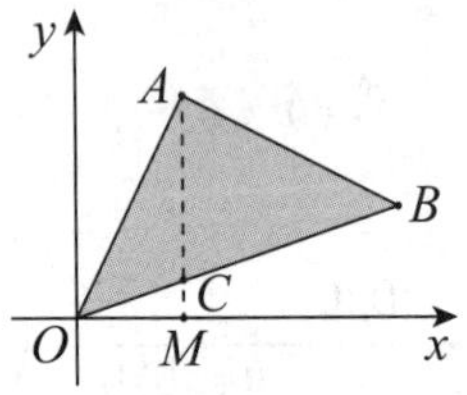	$S_{\triangle AOB}=S_{\triangle AOC}+S_{\triangle ABC}$
添补法	把不规则三角形转化为两个规则三角形的面积之差	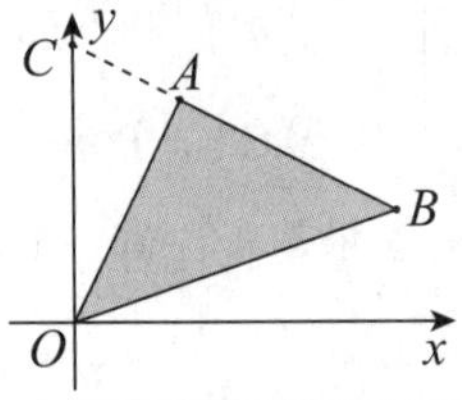	$S_{\triangle AOB}=S_{\triangle BOC}-S_{\triangle AOC}$

习题清单

答案P1

基础清

1. 已知点 $P(x, y)$ 在第四象限，则点 $Q(-x-3, -y)$ 在 （ ）
   A. 第一象限　　　　B. 第二象限
   C. 第三象限　　　　D. 第四象限

2. （易错）已知点 $P(-a, b)$，$ab>0$，$a+b<0$，则点 P 在 （ ）
   A. 第一象限　　　　B. 第二象限
   C. 第三象限　　　　D. 第四象限

3. 在平面直角坐标系中，点 $M(m-3, m+1)$ 在 x 轴上，则点 $P(m-1, 1-m)$ 在 （ ）
   A. 第一象限　　　　B. 第二象限
   C. 第三象限　　　　D. 第四象限

4. 在平面直角坐标系中，点 P 的坐标为 $(2m-4, m+1)$，若点 P 在 y 轴上，则 m 的值为 （ ）
   A. -1　　　　　　　B. 1
   C. 2　　　　　　　 D. 3

5. 在平面直角坐标系中，点 $A(-2, 1)$，$B(2, 3)$，$C(a, b)$，若 $BC /\!/ x$ 轴，$AC /\!/ y$ 轴，则点 C 的坐标为 （ ）
   A. (-2, 1)　　　　 B. (2, -3)
   C. (2, 1)　　　　　D. (-2, 3)

6. （易错）已知点 $M(a, b)$ 在第一象限，点 M 到 x 轴的距离等于它到 y 轴距离的 2 倍，且点 M 到两坐标轴的距离之和为 6，则点 M 的坐标为＿＿＿.

7. 在平面直角坐标系中，将点 $M(3m-1, m-3)$ 向上平移 2 个单位长度得到点 M'，若点 M' 在 x 轴上，则点 M 的坐标是＿＿＿.

8. 如图，点 $P(-2, 1)$ 与点 $Q(a, b)$ 关于直线 l：$y = -1$ 对称，则 $a + b = $ _____．

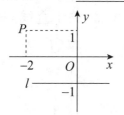

9. 如图，点 A，B 的坐标分别为 $(-5, 6)$，$(3, 2)$，则 $\triangle ABO$ 的面积为 _____．

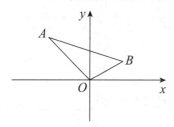

10. 如图，动点 P 在平面直角坐标系中按图中箭头所示方向运动，第 1 次从原点运动到 $(1, 1)$，第 2 次接着运动到点 $(2, 0)$，第 3 次接着运动到点 $(3, 2)$，按这样的运动规律，经过第 2 019 次运动后，动点 P 的坐标是 _____．

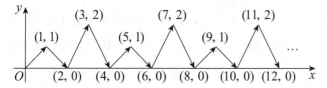

11. 如图，在平面直角坐标系中，点 A，B 的坐标分别为 $(a, 0)$ 和 $(b, 0)$，且 a，b 满足 $|a+4| + \sqrt{8-b} = 0$，点 C 的坐标为 $(0, 3)$．

(1) 求 a，b 的值及 $S_{\triangle ABC}$；

(2) 若点 M 在 x 轴上，且 $S_{\triangle ACM} = \dfrac{1}{3} S_{\triangle ABC}$，求点 M 的坐标．

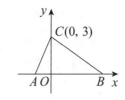

12. 在平面直角坐标系中，$\triangle ABC$ 的顶点坐标分别是 $A(0, 0)$，$B(6, 0)$，$C(5, 6)$．

(1) 求 $\triangle ABC$ 的面积．

(2) 在 y 轴上是否存在点 D，使得 $\triangle ABD$ 的面积与 $\triangle ABC$ 的面积相等？若存在，求出点 D 的坐标．

(3) 除 (2) 中的点 D，在平面直角坐标系中，还能不能找到别的点 D，会满足 $\triangle ABD$ 的面积与 $\triangle ABC$ 的面积相等，这样的点有多少个？它们的坐标有什么特点？直接写出答案．

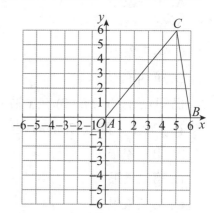

📖 能力清

1. 已知点 A 的坐标为 $(m-1, 2m-3)$，则点 A 一定不会在　　　　　　　　（　　）
   - A. 第一象限
   - B. 第二象限
   - C. 第三象限
   - D. 第四象限

2. 对任意实数 x，点 $P(x, x^2+3x)$ 一定不在　　　　　　　　　　　　（　　）
   - A. 第一象限
   - B. 第二象限
   - C. 第三象限
   - D. 第四象限

3. 已知点 $A(-3, 2m+3)$ 在 x 轴上，点 $B(n-4, 4)$ 在 y 轴上，则点 $C(m, n)$ 在　　（　　）
   - A. 第一象限
   - B. 第二象限
   - C. 第三象限
   - D. 第四象限

4. 坐标平面内有一点 $A(x, y)$，且点 A 到 x 轴的距离为 3，到 y 轴的距离恰为到 x 轴距离的 2 倍．若 $xy<0$，则点 A 的坐标为　（　　）
   - A. $(6, -3)$
   - B. $(-6, 3)$
   - C. $(3, -6)$ 或 $(-3, 6)$
   - D. $(6, -3)$ 或 $(-6, 3)$

5. 〔易错〕在平面直角坐标系中，点 A 的坐标为 $(3, 2)$，AB 平行于 x 轴，若 $AB=4$，则点 B 的坐标为　　　　　　　　　（　　）
   - A. $(7, 2)$
   - B. $(1, 5)$
   - C. $(1, 5)$ 或 $(1, -1)$
   - D. $(7, 2)$ 或 $(-1, 2)$

6. 已知点 $P(2a-4, a+1)$，若点 P 在坐标轴上，则点 P 的坐标为　　　　　．

7. 在平面直角坐标系中，把点 $P(a-1, 5)$ 向左平移 3 个单位长度得到点 $Q(2-2b, 5)$，则 $2a+4b+3$ 的值为　　　　　．

8. 如图，点 P，M 关于直线 $x=1$ 的对称点为 P'，M'．

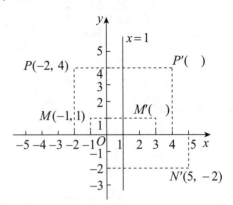

   (1) 写出 P' 的坐标：　　　　　　，M' 的坐标：　　　　　　．

   (2) 写出 $P(-2, 4)$ 关于直线 $x=-1$ 的对称点坐标：　　　　；写出 $N'(5, -2)$ 关于直线 $x=2$ 的对称点坐标：　　　　．

   (3) 写出点 (a, b) 关于直线 $x=n$ 的对称点坐标：　　　　　．

9. 已知点 P 的坐标为 $(a, b)(a>0)$，点 Q 的坐标为 $(c, 2)$，且 $|a-c|+\sqrt{b-8}=0$，将线段 PQ 向右平移 a 个单位长度，其扫过的面积为 24，那么 $a+b+c$ 的值为　　　　　．

10. 我们定义：过点 $(0, a)$ 且平行于 x 轴的直线为 $y=a$，若 $A(-2, 0)$，$B(1, 2)$，点 P 为直线 $y=4$ 上一动点，且 $\triangle PAB$ 的面积为 6 平方单位，则点 P 的坐标为　　　　　．

11. 如图，动点 P 在平面直角坐标系中按图中箭头所示方向运动，第 1 次从原点运动到点 $(1, 1)$，第 2 次运动到点 $(2, 0)$，第 3 次运动到点 $(3, -1)$……按照这样的运动规律，点 P 第 2 021 次运动到点　　　　　．🎬

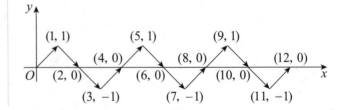

12. 已知点 $A(a, 0)$, $B(b, 0)$, 且 $\sqrt{a+4}+|b-2|=0$.

(1) 求 a , b 的值.

(2) 在 y 轴的正半轴上找一点 C , 使得 $\triangle ABC$ 的面积是 15 , 求出点 C 的坐标.

(3) 过 (2) 中的点 C 作直线 $MN \parallel x$ 轴, 在直线 MN 上是否存在点 D , 使得 $\triangle ACD$ 的面积是 $\triangle ABC$ 面积的 $\dfrac{1}{2}$? 若存在, 求出点 D 的坐标; 若不存在, 请说明理由.

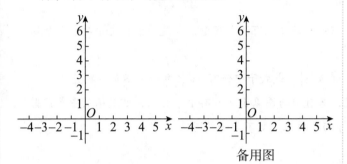

备用图

中考清

1. (株洲中考) 在平面直角坐标系中, 点 $A(a, 2)$ 在第二象限内, 则 a 的取值可以是 (   )

A. 1

B. $-\dfrac{3}{2}$

C. $\dfrac{4}{3}$

D. 4 或 -4

2. (黄冈中考) 在平面直角坐标系中, 若点 $A(a, -b)$ 在第三象限, 则点 $B(-ab, b)$ 所在的象限是 (   )

A. 第一象限

B. 第二象限

C. 第三象限

D. 第四象限

3. (天津中考) 如图, 四边形 $OBCD$ 是正方形, O , D 两点的坐标分别是 $(0, 0)$, $(0, 6)$, 点 C 在第一象限, 则点 C 的坐标是 (   )

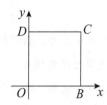

A. $(6, 3)$ B. $(3, 6)$

C. $(0, 6)$ D. $(6, 6)$

4. (滨州中考) 在平面直角坐标系的第四象限内有一点 M , 到 x 轴的距离为 4 , 到 y 轴的距离为 5 , 则点 M 的坐标为 (   )

A. $(-4, 5)$ B. $(-5, 4)$

C. $(4, -5)$ D. $(5, -4)$

5. (日照中考) 如图, 在单位为 1 的方格纸上, $\triangle A_1A_2A_3$, $\triangle A_3A_4A_5$, $\triangle A_5A_6A_7$, $\cdots$, 都是斜边在 x 轴上, 斜边长分别为 2 , 4 , 6 , $\cdots$ 的等腰直角三角形, 若 $\triangle A_1A_2A_3$ 的顶点坐标分别为 $A_1(2, 0)$, $A_2(1, 1)$, $A_3(0, 0)$, 则依图中所示规律, $A_{2\,019}$ 的坐标为 (   )

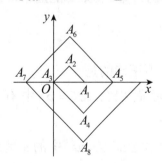

A. $(-1\,008, 0)$

B. $(-1\,006, 0)$

C. $(2, -504)$

D. $(1, 505)$

考点 ❷ 函数与图象

笔记清单

● **函数表示方法**

1. 列表法：一目了然，使用方便，但列出的对应值有限，不易看出自变量与函数间的对应规律.
2. 解析式法：简单明了，能准确反映自变量和因变量的关系，但有些实际问题中的函数关系难以用解析式表示.
3. 图象法：形象直观，但只能近似表示两个变量间的关系.

● **函数判断方法**

1. 判断两个变量是否有函数关系，应满足函数的两个特征：一是必须有**两个变量**；二是一个自变量对应一个因变量.
2. 判断一个数学式子是否为函数解析式：若等号左边是 y^2 或 $|y|$，或式子中含有 $\pm y$，则一定不是函数关系.
3. 判断一个图象是否为函数图象：作平行于 y 轴的直线，若直线与图象至多只有 1 个交点，则是函数图象；若有 2 个或多个交点，说明 x 取一个值，有 2 个或多个 y 与之对应，则不是函数图象.

● **自变量的取值范围**

函数解析式的形式	示例	自变量 x 的取值范围
含有分式	$y = \dfrac{a}{x}$	$x \neq 0$
含有二次根式	$y = \sqrt{x}$	$x \geqslant 0$
含两种或两种以上结构	$y = \dfrac{\sqrt{x+a}}{x}$	$x \neq 0$ 且 $x + a \geqslant 0$
	$y = \dfrac{a}{\sqrt{x}}$	$x > 0$

分别求出各部分的取值范围，再求它们的公共范围.

注意 在实际问题中，自变量的取值范围应该使该问题有实际意义.

习题清单

答案 P3

📝 **基础清**

1. 下列说法不正确的是 （ ）
   A. 正方形面积公式 $S = a^2$ 中有两个变量：S，a
   B. 圆的面积公式 $S = \pi r^2$ 中的 π 是常量
   C. 在一个关系式中，用字母表示的量可能不是变量
   D. 如果 $a = b$，那么 a，b 都是常量

2. 下面每个选项中给出了某个变化过程中的两个变量 x 和 y，其中 y 不是 x 的函数的选项是 （ ）
   A. y：正方形的面积；x：这个正方形的周长
   B. y：某班学生的身高；x：这个班学生的学号
   C. y：圆的面积；x：这个圆的直径
   D. y：一个正数的平方根；x：这个正数

3. 下列曲线中不能表示 y 是 x 的函数的是 （　　）

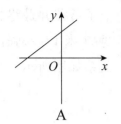
A

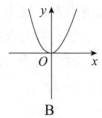
B

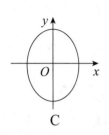
C

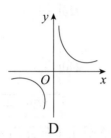
D

4. 函数 $y = \dfrac{2x}{x-1}$ 中，自变量 x 的取值范围是 （　　）

A. $x < 1$ 　　　　B. $x > 1$

C. $x \neq 1$ 　　　　D. $x \neq 0$

5. 地表以下岩层的温度 $y\,(℃)$ 随着所处深度 x （km）的变化而变化，在某个地点 y 与 x 之间的关系可以近似地用关系式 $y = 35x + 20$ 来表示，也可以用表格表示，其中表格的部分数据如下表所示，则其中的 m，n 分别是 （　　）

x/km	1	2	4	m	9	10
y/℃	55	n	160	230	335	370

A. $m = 7$，$n = 70$

B. $m = 6$，$n = 70$

C. $m = 7$，$n = 90$

D. $m = 6$，$n = 90$

6. ⊙易错 如图，将一个圆柱形的空玻璃杯放入形状相同的无水鱼缸内，看作一个容器。然后对准玻璃杯口匀速注水，在注水过程中，杯底始终紧贴鱼缸底部，则下面可以近似地刻画出容器最高水位 h 与注水时间 t 之间的变化情况的是 📹 （　　）

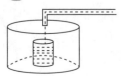

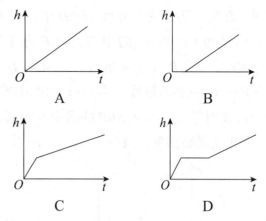
A　　　　B

C　　　　D

7. 如图是自动测温仪记录的图象，反映了某市春季某天气温 T 随时间 t 的变化而变化。下列从图象中得到的信息错误的是 （　　）

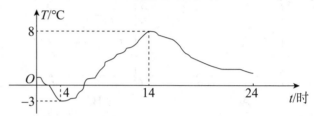

A. 4 时气温最低

B. 14 时到 24 时之间气温持续下降

C. 0 时到 14 时之间气温持续上升

D. 14 时气温最高，是 8 ℃

8. 已知在函数 $y = \dfrac{2x-1}{x+2}$ 中，当 $x = a$ 时的函数值为 1，则 a 的值为 _____.

📖 能力清

1. ⊙易错 变量 x，y 有如下关系：① $x + y = 10$；② $|y| = x$；③ $y = |x-3|$；④ $y^2 = 8x$。其中 y 是 x 的函数的有 （　　）

A. 1 个 　　　　B. 2 个

C. 3 个 　　　　D. 4 个

2. ⊙易错 已知 $P(x, y)$ 在函数 $y = -\dfrac{1}{x^2} - \sqrt{-x}$ 的图象上，那么点 P 应在平面直角坐标系中的 （　　）

A. 第一象限

B. 第二象限

C. 第三象限

D. 第四象限

3. 如图，在边长为 2 的正方形 $ABCD$ 中，点 E，G 分别是边 CD 和 BC 的中点，点 F 为正方形中心，动点 P 从点 A 出发，沿 $A \to D \to E \to F \to G \to B$ 的路线绕多边形的边匀速运动到点 B 时停止，则 $\triangle ABP$ 的面积 S 随着时间 t 变化的函数图象大致是（　　）

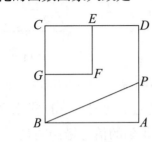

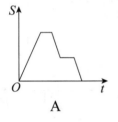
A

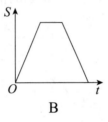
B

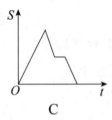
C

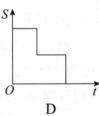
D

4. 已知张强家、体育场、文具店在同一直线上.如图的图象反映的过程是：张强从家跑步去体育场，在那里锻炼了一会儿后又走到文具店去买笔，然后散步走回家.图中 x 表示时间，y 表示张强离家的距离.下列说法正确的是（　　）

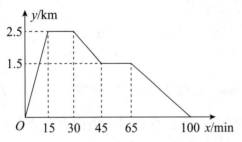

A. 张强从家到体育场的速度是 $\dfrac{50}{3}$ km/h

B. 体育场离文具店 4 km

C. 张强在文具店逗留了 15 min

D. 张强从文具店回家的平均速度是 $\dfrac{3}{70}$ km/min

5. 小强和爷爷去爬山，爷爷先出发一段时间后小强再出发，途中小强追上了爷爷并最终先爬到山顶，两人所爬的高度 h（米）与小强出发后的时间 t（分）的函数关系如图所示，下列结论正确的是（　　）

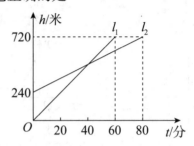

A. 爷爷比小强先出发 20 分钟

B. 小强爬山的速度是爷爷的 2 倍

C. l_1 表示的是爷爷爬山的情况，l_2 表示的是小强爬山的情况

D. 山的高度是 480 米

6. 设 $f(x)$ 表示关于 x 的函数，若 $f(m+n)=f(m)+f(n)+\dfrac{mn}{9}$，且 $f(6)=3$，那么 $f(5)=$ _____.

7. 某电信公司提供了一种移动通信服务的收费标准，如下表：

项目	月基本服务费	月免费通话时间	超出后每分收费
标准	40 元	150 分	0.6 元

则每月的话费 y（元）与每月通话时间 x（分）之间有关系式 $y=\begin{cases}40(0\le x\le150),\\0.6x-50(x>150),\end{cases}$ 在这个关系式中，常量是什么？变量是什么？

8. 如图 1，在矩形 $ABCD$ 中，动点 E 从点 C 出发，速度为 2，沿 $C \to D \to A \to B$ 方向运动至点 B 处停止. 设点 E 运动的时间为 x，$\triangle BCE$ 的面积为 y，如果 y 关于 x 的函数图象如图 2 所示，则四边形 $ABCD$ 的面积为多少？

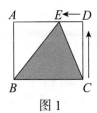

图 1

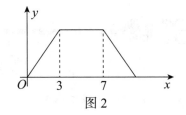

图 2

中考清

1. （菏泽中考）函数 $y = \dfrac{\sqrt{x-2}}{x-5}$ 的自变量 x 的取值范围是 （　　）

A. $x \neq 5$ 　　　　 B. $x > 2$ 且 $x \neq 5$

C. $x \geq 2$ 　　　　 D. $x \geq 2$ 且 $x \neq 5$

2. （北京中考）下面的三个问题中都有两个变量：

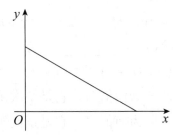

①汽车从 A 地匀速行驶到 B 地，汽车的剩余路程 y 与行驶时间 x；

②将水箱中的水匀速放出，直至放完，水箱中的剩余水量 y 与放水时间 x；

③用长度一定的绳子围成一个矩形，矩形的面积 y 与一边长 x.

其中，变量 y 与变量 x 之间的函数关系可以用如图所示的图象表示的是 （　　）

A. ①② 　 B. ①③ 　 C. ②③ 　 D. ①②③

3. （烟台中考）周末，父子二人在一段笔直的跑道上练习竞走，两人分别从跑道两端开始往返

练习. 在同一直角坐标系中，父子二人离同一端的距离 s（米）与时间 t（秒）的关系图象如图所示. 若不计转向时间，按照这一速度练习 20 分钟，迎面相遇的次数为 📹 （　　）

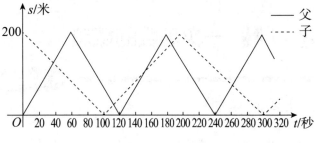

A. 12 　　　 B. 16 　　　 C. 20 　　　 D. 24

4. （临沂中考）已知函数 $y = \begin{cases} \dfrac{3}{x}, & x \leq -1, \\ 3x, & -1 < x < 1, \\ \dfrac{3}{x}, & x \geq 1. \end{cases}$

(1) 画出函数图象.

列表：

x	⋯	—	—	—	—	—	—	—	⋯
y	⋯	—	—	—	—	—	—	—	⋯

描点、连线得到函数图象：

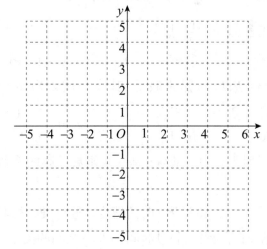

(2) 该函数是否有最大或最小值？若有，求出其值；若没有，简述理由.

(3) 设 (x_1, y_1)，(x_2, y_2) 是函数图象上的点，若 $x_1 + x_2 = 0$，证明：$y_1 + y_2 = 0$.

考点 **1** 一次函数的概念

● 相关概念

| 1. 一次函数：一般地，形如 $y = kx + b$（k 与 b 是常数，且 $k \neq 0$）的函数，叫一次函数，其中 x 是自变量.
2. 正比例函数：当 $b = 0$ 时，函数 $y = kx$（$k \neq 0$），叫做正比例函数. | 注意 正比例函数是一次函数的特例，一次函数包括正比例函数. |

答案 P5

基础清

1. 下列说法正确的是 （ ）
   A. 一次函数是正比例函数
   B. 正比例函数是一次函数
   C. 正比例函数不是一次函数
   D. 一次函数不可能是正比例函数

2. 易错 下列函数：①$y = -2x$；②$y = -\dfrac{8}{x}$；③$y = 2x^2$；④$y = -x + 1$；⑤$y = x^2 + 1$；⑥$y = kx + b$（k，b 是常数）. 其中一次函数的个数是 （ ）
   A. 0   B. 1   C. 2   D. 3

3. 下列语句中，y 与 x 是一次函数关系的个数为 （ ）
   ①汽车以 60 千米 / 时的速度匀速行驶，行驶路程 y（千米）与行驶时间 x（时）之间的关系；
   ②圆的面积 y（平方厘米）与它的半径 x（厘米）之间的关系；
   ③一棵树现在高 50 厘米，每个月长高 2 厘米，x 月后这棵树的高度为 y 厘米，y 与 x 的关系；
   ④某种大米的单价是 2.2 元 / 千克，当购买 x 千克大米时，花费 y 元，y 与 x 的关系.
   A. 1   B. 4   C. 3   D. 2

4. 在糖水中继续放入糖 x(g)、水 y(g)，并使糖完全溶解，如果甜度保持不变，那么 y 与 x 的函数关系一定是 （ ）
   A. 正比例函数
   B. 反比例函数
   C. 图象不经过原点的一次函数
   D. 二次函数

5. 若 $y = (m + 2)x + m^2 - 4$ 是关于 x 的正比例函数，则常数 $m = $ _____.

6. 已知函数 $y = (m - 3)x^{|m|-2} + n - 2$.
   (1) 当 m，n 为何值时，它是一次函数？
   (2) 当 m，n 为何值时，它是正比例函数？

能力清

1. 下列问题中，是正比例函数的关系的是 （ ）
   A. 矩形面积一定，长与宽的关系
   B. 正方形面积和边长的关系
   C. 三角形面积一定，底边和底边上的高的关系
   D. 匀速运动中，速度一定时，路程和时间的关系

2. 下列式子中，表示 y 是 x 的正比例函数的是 （　　）

A. $y = x + 5$　　　　B. $y = 3x$

C. $y = 3x^2$　　　　D. $y^2 = 3x$

3. 如图，有一个装水的容器，容器内的水面高度是 10 cm，水面面积是 100 cm^2. 现向容器内注水，并同时开始计时，在注水过程中，水面高度以每秒 0.2 cm 的速度匀速增加. 容器注满水之前，容器内水面的高度 h、注水量 V 随对应的注水时间 t 的变化而变化，则 h 与 t，V 与 t 满足的函数关系分别是 （　　）

水面高度

A. 正比例函数关系、正比例函数关系

B. 正比例函数关系、一次函数关系

C. 一次函数关系、反比例函数关系

D. 一次函数关系、正比例函数关系

4. 已知函数 $y = (m+1)x^{2-|m|} + 4$，y 是 x 的一次函数，则 m 的值为 （　　）

A. 1　　　　　　　B. -1

C. 1 或 -1　　　　D. 任意实数

5. ⊙易错 下列各式中是一次函数的有_____个.

① $y = 2(x-6)^2$；② $y = 2(x-6)$；③ $y = \dfrac{2}{x-6}$；

④ $2(x-6) = 0$.

📝 中考清

（赤峰中考）点 $P(a, b)$ 在函数 $y = 4x+3$ 的图象上，则代数式 $8a - 2b + 1$ 的值等于 🎦 （　　）

A. 5　　　　　　　B. -5

C. 7　　　　　　　D. -6

考点 2　正比例函数的图象与性质

笔记清单

● 正比例函数的图象与性质

解析式		$y = kx(k \neq 0)$	
自变量取值范围		全体实数	
	形状	一条过原点的直线	
	k 的取值	$k > 0$	$k < 0$
图象	示意图		
	位置	经过第一、三象限	经过第二、四象限
	趋势	从左向右上升	从左向右下降
函数增减性		当 $x_1 > x_2$ 时，$y_1 > y_2$（y 随 x 的增大而增大）	当 $x_1 > x_2$ 时，$y_1 < y_2$（y 随 x 的增大而减小）

基础清

1. 在函数 $y = kx(k \neq 0)$ 中，y 随 x 的增大而减小，则下列点不可能在该函数图象上的是 (　)

A. (3, 3) 　　　　B. (−2, 2)

C. (1, −1) 　　　D. (−$\sqrt{2}$, 1)

2. 易错 已知 $y − 3$ 与 $x + 5$ 成正比例，且当 $x = −2$ 时，$y < 0$，则 y 关于 x 的函数图象经过 (　)

A. 第一、二、三象限

B. 第一、二、四象限

C. 第一、三、四象限

D. 第二、三、四象限

3. 正比例函数 $y = −k^2 x(k \neq 0)$，下列结论正确的是 (　)

A. $y > 0$

B. y 随 x 的增大而增大

C. $y < 0$

D. y 随 x 的增大而减小

4. 已知正比例函数 $y = kx(k \neq 0)$ 的图象经过点 (−6, 2)，那么函数值 y 随自变量 x 的值的增大而_____(填"增大"或"减小").

能力清

1. 易错 已知正比例函数 $y = kx$ 的图象经过第一、三象限，则 $y = kx − k$ 的大致图象可能是下图的 (　)

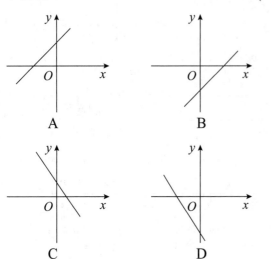

2. 已知正比例函数 $y = −kx$ 和一次函数 $y = kx − 2$ (x 为自变量)，它们在同一坐标系内的图象大致是 (　)

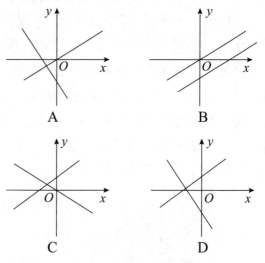

3. 在函数 $y = kx(k > 0)$ 的图象上有点 $A_1(x_1, y_1)$，$A_2(x_2, y_2)$，已知 $x_1 < x_2$，则 y_1 _____ y_2.

中考清

(邵阳中考) 已知正比例函数 $y = kx(k \neq 0)$ 的图象过点 (2, 3)，把正比例函数 $y = kx(k \neq 0)$ 的图象平移，使它过点 (1, −1)，则平移后的函数图象大致是 (　)

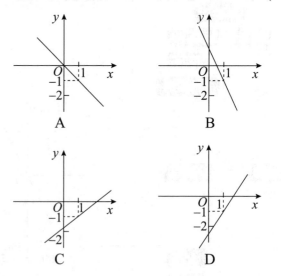

考点 3 一次函数的图象与性质

笔记清单

● 一次函数的图象与性质

解析式	$y=kx+b$（k 与 b 是常数，$k \neq 0$）		
k 值决定图象的倾斜方向和增减性	$k > 0$	从左向右看，图象呈上升趋势	y 随 x 的增大而增大
	$k < 0$	从左向右看，图象呈下降趋势	y 随 x 的增大而减小
b 值决定图象与 y 轴的交点位置	与 y 轴交于点 $(0, b)$		
图象及经过的象限	第一、二、三象限 $(k>0, b>0)$	第一、三、四象限 $(k>0, b<0)$	
	第一、二、四象限 $(k<0, b>0)$	第二、三、四象限 $(k<0, b<0)$	

> 总结

1. 当 $k > 0$ 时，图象经过第一、三象限；当 $k < 0$ 时，图象经过第二、四象限.

2. b 值决定图象与 y 轴的交点位置. 当 $b > 0$ 时，图象交 y 轴于正半轴；当 $b < 0$ 时，图象交 y 轴于负半轴.

习题清单

答案 P6

📝 **基础清**

1. 一次函数 $y = 2(x+1) - 1$ 不经过的象限是 （ ）

   A. 第一象限　　　　　B. 第二象限

   C. 第三象限　　　　　D. 第四象限

2. 已知关于 x 的一次函数为 $y = mx + 4m + 3$，那么这个函数的图象一定经过 （ ）

   A. 第一象限　　　　　B. 第二象限

   C. 第三象限　　　　　D. 第四象限

3. 直线 $y = kx + b$ 的图象如图所示，则直线 $y = bx - k$ 的图象是 （ ）

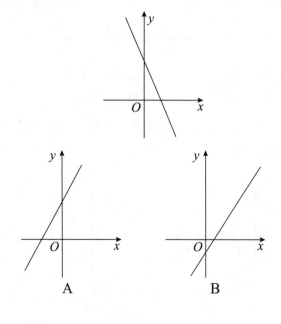

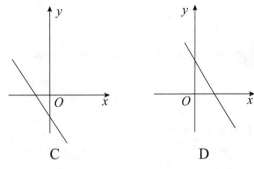

C　　　　　　D

4. 已知直线 l_1：$y = -x + b$ 与 x 轴交于点 $(1, 0)$，直线 l_2 与直线 l_1 关于 y 轴对称，则关于直线 l_2，下列说法正确的是　　　（　　）

A. y 的值随着 x 的增大而减小

B. 函数图象经过第二、三、四象限

C. 函数图象与 x 轴的交点坐标为 $(1, 0)$

D. 函数图象与 y 轴的交点坐标为 $(0, b)$

5. ⊙易错 下列一次函数中，y 随 x 增大而增大的是　　　（　　）

A. $y = -3x$

B. $y = x - 2$

C. $y = -2x + 3$

D. $y = 3 - x$

6. 一次函数 $y = 4x - 2$ 的函数值 y 随自变量 x 值的增大而＿＿＿＿（填"增大"或"减小"）.

🔖 能力清

1. 如图，点 A，B 在数轴上分别表示数 $-2a + 3$，1，则一次函数 $y = (1 - a)x + a - 2$ 的图象一定不经过　　　（　　）

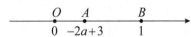

A. 第一象限　　　　B. 第二象限

C. 第三象限　　　　D. 第四象限

2. 直线 $y_1 = mx + n^2 + 1$ 和 $y_2 = -mx - n$ 的图象可能是 📹　　　（　　）

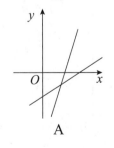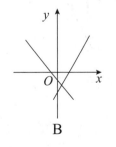

A　　　　　　B

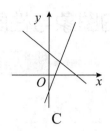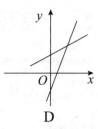

C　　　　　　D

3. 若实数 a, b, c 满足 $a + b + c = 0$ 且 $a < b < c$，则函数 $y = -cx - a$ 的图象可能是　　　（　　）

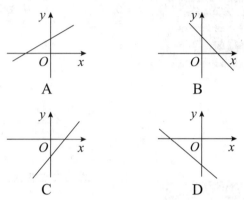

A　　　　　　B

C　　　　　　D

4. 若关于 x 的不等式组 $\begin{cases} 5x - k > 0, \\ x - 3 \le 0 \end{cases}$ 有且只有 4 个整数解，且一次函数 $y = (k + 2)x + k + 3$ 的图象不经过第一象限，则符合题意的整数 k 的和为　　　（　　）

A. -12　　B. -14　　C. -9　　D. -15

5. ⊙易错 若一次函数 $y = (k + 2)x - k - 3$ 与 y 轴的交点在 x 轴的下方，则 k 的取值范围是＿＿＿＿.

6. 若正比例函数 $y = (2 - m)x^{|m-2|}$，y 随 x 的增大而减小，则 m 的值是＿＿＿＿.

7. 一次函数 $y = kx + b$，当 $1 \le x \le 4$ 时，$3 \le y \le 6$，k 的值是＿＿＿＿. 📹

8. 已知一次函数 $y = (m + 2)x - (m + 3)$，y 随 x 的增大而减小，且图象与 y 轴的交点在 x 轴下方，则实数 m 的取值范围是＿＿＿＿.

🔖 中考清

1. （广州中考）已知正比例函数 $y_1 = ax$ 的图象经过点 $(1, -1)$，反比例函数 $y_2 = \dfrac{b}{x}$ 的图象位于第一、第三象限，则一次函数 $y = ax + b$ 的图象一定不经过　　　（　　）

A. 第一象限　　　　B. 第二象限

C. 第三象限　　　　D. 第四象限

2. (辽宁中考) 如图，在同一平面直角坐标系中，一次函数 $y = k_1x + b_1$ 与 $y = k_2x + b_2$ 的图象分别为直线 l_1 和直线 l_2，下列结论正确的是 (   )

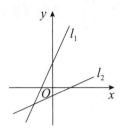

A. $k_1 \cdot k_2 < 0$

B. $k_1 + k_2 < 0$

C. $b_1 - b_2 < 0$

D. $b_1 \cdot b_2 < 0$

3. (铁岭中考) 在平面直角坐标系中，函数 $y = kx + b$ 的图象如图所示，则下列判断正确的是 (   )

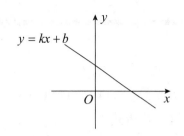

A. $k > 0$

B. $b < 0$

C. $k \cdot b > 0$

D. $k \cdot b < 0$

4. (营口中考) 已知一次函数 $y = kx - k$ 过点 $(-1, 4)$，则下列结论正确的是 (   )

A. y 随 x 的增大而增大

B. $k = 2$

C. 直线过点 $(1, 0)$

D. 与坐标轴围成的三角形面积为 2

考点 4 一次函数解析式的确定

笔记清单

● **正比例函数和一次函数解析式的确定**

1. 确定一个正比例函数，就是要确定正比例函数解析式 $y = kx(k \neq 0)$ 中的常数 k。确定一个一次函数，需要确定一次函数解析式 $y = kx + b(k \neq 0)$ 中的常数 k 和 b。

2. 解这类问题的一般方法是待定系数法。如设所求的一次函数解析式为 $y = kx + b(k \neq 0)$，再根据已知条件列出关于 k，b 的方程 (组)。

● **确定一次函数解析式的一般步骤**

1. 设：设出函数解析式 $y = kx + b(k \neq 0)$；

2. 代：将已知点代入解析式中，列出关于 k 和 b 的方程 (组)；

3. 解：解方程 (组)；

4. 写：把求出的 k，b 的值代回到解析式中，写出解析式即可。

● **解题技巧**

1. 点在图象上，说明点的坐标满足函数解析式，代入即可。

2. 观察图象，一次函数图象与 y 轴交点的纵坐标即为 b 的值，即一次函数图象与 y 轴交于点 $(0, b)$。

> 总结

一次函数解析式 $y = kx + b(k \neq 0)$ (k，b 为常数) 中待定的量有 k，b 两个，我们知道确定两个未知量需要两个方程，即需要两组 (x, y) 的值，而一组 (x, y) 代表一个点坐标，因此我们需要找到两个点的坐标。

基础清

1. 已知一次函数 $y = -x + b$ 过点 $(-8, -2)$，那么一次函数的解析式为 （　）
   A. $y = -x - 2$　　　　B. $y = -x - 6$
   C. $y = -x - 10$　　　D. $y = -x - 1$

2. 一次函数 $y = kx + b$ 的图象如图，则 （　）

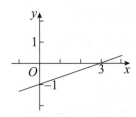

   A. $\begin{cases} k = -\dfrac{1}{3}, \\ b = -1 \end{cases}$　　　B. $\begin{cases} k = \dfrac{1}{3}, \\ b = 1 \end{cases}$

   C. $\begin{cases} k = 3, \\ b = 1 \end{cases}$　　　　D. $\begin{cases} k = \dfrac{1}{3}, \\ b = -1 \end{cases}$

3. 若一次函数 $y = kx + 17$ 的图象经过点 $(-3, 2)$，则 k 的值为 （　）
   A. -6　　　　　　B. 6
   C. -5　　　　　　D. 5

4. 如图，将含 $45°$ 角的直角三角尺放置在平面直角坐标系中，其中 $A(-2, 0)$，$B(0, 1)$，则直线 BC 的解析式为 ＿＿＿＿.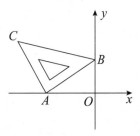

5. 正比例函数的图象经过点 $(2, -4)$，$(a, 4)$，求这个函数的解析式和 a 的值.

6. 已知一个函数的图象是经过原点的直线，并且经过点 $\left(-3, \dfrac{9}{4}\right)$，求此函数的解析式.

7. 〔易错〕已知 y 是 z 的一次函数，z 是 x 的正比例函数.
   (1) y 是 x 的一次函数吗?
   (2) 当 $x = 5$ 时，$y = -2$；当 $x = -3$ 时，$y = 6$.则当 $x = 1$ 时，y 的值是多少?

8. 已知一次函数图象经过点 $A(1, 3)$ 和 $B(2, 5)$. 求:
   (1) 这个一次函数的解析式;
   (2) 当 $x = -3$ 时，y 的值.

能力清

1. 已知 y 与 $x + 3$ 成正比例，并且 $x = 1$ 时，$y = 8$，那么 y 与 x 之间的函数关系式为 （　）
   A. $y = 8x$　　　　　　B. $y = 2x + 6$
   C. $y = 8x + 6$　　　　D. $y = 5x + 3$

2. 已知 $y - 1$ 与 x 成正比，当 $x = 2$ 时，$y = 9$. 那么当 $y = -15$ 时，x 的值为 （　）
   A. 4　　　B. -4　　　C. 6　　　D. -6

3. 〔易错〕若正比例函数图象上一点到 y 轴与到 x 轴的距离之比是 $3 : 1$，则此函数的解析式为 ＿＿＿＿.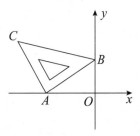

4. 如图，在平面直角坐标平面内，△ABC 的顶点 A(-1, 0)，点 B 与点 A 关于原点对称，AB = BC，∠CAB = 30°，将 △ABC 绕点 C 旋转，使点 A 落在 x 轴上的点 D 处，点 B 落在点 E 处，那么 BE 所在直线的解析式为_____.

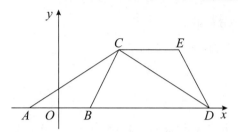

5. 已知 y 是 x 的正比例函数，且函数图象经过点 (-3, 6).
   (1) 求 y 与 x 的函数解析式；
   (2) 当 x = -6 时，求对应的函数值 y；
   (3) 当 x 取何值时，$y = \dfrac{2}{3}$？

6. 已知 y - 1 与 x + 2 成正比例，且 x = -1 时，y = 3.
   (1) 求 y 与 x 之间的关系式；
   (2) 它的图象经过点 (m-1, m+1)，求 m 的值.

7. 一次函数 y = kx + b 的自变量 x 的取值范围是 -3 ≤ x ≤ 6，相应函数值的取值范围是 -5 ≤ y ≤ -2，求这个函数的解析式.

🔖 中考清

1. (广州中考) 点 (3, -5) 在正比例函数 y = kx (k ≠ 0) 的图象上，则 k 的值为 ( )
   A. -15　　B. 15　　C. $-\dfrac{3}{5}$　　D. $-\dfrac{5}{3}$

2. (呼和浩特中考) 在平面直角坐标系中，点 A(3, 0)，B(0, 4). 以 AB 为一边在第一象限作正方形 ABCD，则对角线 BD 所在直线的解析式为 📹 ( )
   A. $y = -\dfrac{1}{7}x + 4$　　　　B. $y = -\dfrac{1}{4}x + 4$
   C. $y = -\dfrac{1}{2}x + 4$　　　　D. y = 4

3. (苏州中考) 若一次函数 y = 3x - 6 的图象与 x 轴交于点 (m, 0)，则 m = _____.

4. (广东中考节选) 已知一次函数 y = kx + b 的图象经过点 (0, 1) 与点 (2, 5)，求该一次函数的表达式.

5. (北京中考节选) 在平面直角坐标系 xOy 中，函数 y = kx + b(k ≠ 0) 的图象过点 (4, 3)，(-2, 0)，且与 y 轴交于点 A. 求该函数的解析式及点 A 的坐标.

6. (呼和浩特中考节选) 已知自变量 x 与因变量 y_1 的对应关系如表呈现的规律.

x	…	-2	-1	0	1	2	…
y_1	…	12	11	10	9	8	…

直接写出函数解析式及其图象与 x 轴和 y 轴的交点 M, N 的坐标.

考点 5 一次函数与方程、不等式

● 一次函数与一元一次方程

1. 函数角度：一次函数 $y = ax + b$ 的函数值为 0 时，自变量 x 的值是一元一次方程 $ax + b = 0$ 的解.

> 任意一个关于 x 的一元一次方程都可以化为 $ax + b = 0$ 的形式.

2. 几何角度：一次函数 $y = ax + b$ 与 x 轴交点（即 $y = 0$ 时）的横坐标为 $ax + b = 0$ 的解.

● 一次函数与二元一次方程组

1. 函数角度：$\begin{cases} a_1 x + b_1 = y, \\ a_2 x + b_2 = y \end{cases}$ $(a_1 \neq a_2)$ 的解是两个一次函数 $y = a_1 x + b_1$ 与 $y = a_2 x + b_2$ 的值相等时，自变量 x 的值及函数值 y.

2. 几何角度：$\begin{cases} a_1 x + b_1 = y, \\ a_2 x + b_2 = y \end{cases}$ $(a_1 \neq a_2)$ 的解是函数 $y = a_1 x + b_1$ 与 $y = a_2 x + b_2$ 图象的交点坐标.

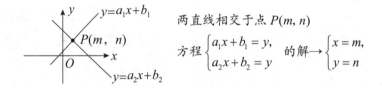

两直线相交于点 $P(m, n)$

方程 $\begin{cases} a_1 x + b_1 = y, \\ a_2 x + b_2 = y \end{cases}$ 的解 $\rightarrow \begin{cases} x = m, \\ y = n \end{cases}$

● 一次函数与不等式（组）

1. 函数角度：一次函数 $y = ax + b (a \neq 0)$，当 $y > 0$ 或 $y < 0$ 时自变量 x 的取值范围是 $ax + b > 0$ 或 $ax + b < 0$ 的解集.

2. 几何角度：一次函数 $y = ax + b (a \neq 0)$ 图象在 x 轴上方或下方时 x 的取值范围（看横坐标的取值范围）是 $ax + b > 0$ 或 $ax + b < 0$ 的解集.

3. y_1 与 y_2 的大小比较：

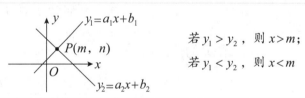

若 $y_1 > y_2$，则 $x > m$；
若 $y_1 < y_2$，则 $x < m$

> 口诀 交点分图象呈左右两部分，谁在上谁为大.

答案 P10

📖 基础清

1. 如图，直线 $y = kx + b$ 与直线 $y = -\dfrac{1}{2}x + \dfrac{5}{2}$ 交于点 $A(m, 2)$，则关于 x 的不等式 $kx + b \leqslant -\dfrac{1}{2}x + \dfrac{5}{2}$ 的解集是 （　　）

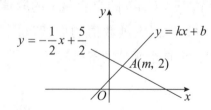

A. $x \leqslant 2$　　B. $x \geqslant 1$　　C. $x \leqslant 1$　　D. $x \geqslant 2$

2. 直线 $y = 3x - m - 4$ 经过点 $A(m, 0)$，则关于 x 的方程 $3x - m - 4 = 0$ 的解是_____.

3. 一次函数 $y = kx + b$ 的图象如图所示，则关于 x 的方程 $kx + b = 0$ 的解为_____．

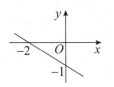

4. 如图，函数 $y = 2x + b$ 与函数 $y = kx - 1$ 的图象交于点 P，则关于 x 的方程 $kx - 1 = 2x + b$ 的解是_____．

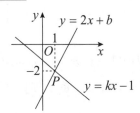

5. 已知一次函数 $y = kx + 1$ 与 $y = -\dfrac{1}{2}x + b$ 的图象相交于点 $(2, 5)$，则关于 x 的方程 $kx + b = 0$ 的解为_____．

6. ⊗易错 如图，根据函数图象，方程组 $\begin{cases} y = kx + 3, \\ y = ax + b \end{cases}$ 的解为_____．

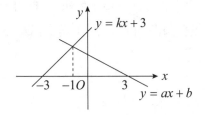

7. 已知二元一次方程组 $\begin{cases} x - y = -5, \\ x + 2y = -2 \end{cases}$ 的解为 $\begin{cases} x = -4, \\ y = 1, \end{cases}$ 则在同一平面直角坐标系中，直线 $l_1 : y = x + 5$ 与直线 $l_2 : y = -\dfrac{1}{2}x - 1$ 的交点坐标为_____．

8. 如图，已知一次函数 $y = kx + b$ 的图象经过点 $A(-3, 2)$，$B(1, 0)$，则关于 x 的不等式 $kx + b < 2$ 解集为_____．

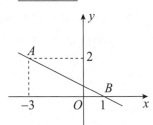

9. 在平面直角坐标系 xOy 中，函数 $y = kx + b$ $(k \neq 0)$ 的图象经过点 $(1, 1)$，$(0, -1)$，且与 x 轴交于点 A．🎦

(1) 求该函数的解析式及点 A 的坐标；

(2) 当 $x > \dfrac{1}{2}$ 时，对于 x 的每一个值，函数 $y = -x + n$ 的值都小于函数 $y = kx + b(k \neq 0)$ 的值，直接写出 n 的取值范围．

📘 能力清

1. 一次函数 $y = kx + b$（$k \neq 0$，k，b 是常数）的图象如图所示，则关于 x 的方程 $kx + b = 4$ 的解是 （ ）

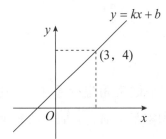

A. $x = 3$ B. $x = 4$ C. $x = 0$ D. $x = b$

2. 已知关于 x 的一次函数 $y = 3x + n$ 的图象如图所示，则关于 x 的一次方程 $3x + n = 0$ 的解是 （ ）

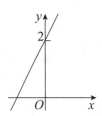

A. $x = -2$ B. $x = -3$ C. $x = -\dfrac{3}{2}$ D. $x = -\dfrac{2}{3}$

3. 若以关于 x, y 的二元一次方程 $x + 2y - b = 0$ 的解为坐标的点 (x, y) 都在直线 $y = -\dfrac{1}{2}x + b - 1$ 上，则常数 b 的值为 （ ）

A. $\dfrac{1}{2}$ B. 1   C. -1 D. 2

4. 若二元一次方程组 $\begin{cases} 3x + y = -1, \\ 2x + my = -8 \end{cases}$ 有唯一的一组解，那么应满足的条件是 （　　）

　　A. $m = \dfrac{2}{3}$ 　　　　　B. $m \ne \dfrac{2}{3}$

　　C. $m = -\dfrac{2}{3}$ 　　　　D. $m \ne -\dfrac{2}{3}$

5. ⊗易错 已知关于 x 的不等式 $ax + 1 > 0 (a \ne 0)$ 的解集是 $x < 1$，则直线 $y = ax + 1$ 与 x 轴的交点是 📹 （　　）

　　A. $(0, 1)$　　B. $(-1, 0)$　　C. $(0, -1)$　　D. $(1, 0)$

6. 已知直线 $y = x + b$ 和 $y = ax + 2$ 交于点 $P(3, -1)$，则关于 x 的方程 $(a-1)x = b - 2$ 的解为 _____．

7. 已知关于 x，y 的方程组 $\begin{cases} y = kx + b, \\ y = (3k-1)x + 2. \end{cases}$

　(1) 当 k，b 为何值时，方程组有唯一一组解？

　(2) 当 k，b 为何值时，方程组有无数组解？

　(3) 当 k，b 为何值时，方程组无解？

8. 如图，在平面直角坐标系中，一次函数 $y_1 = x + 2$ 的图象与 x 轴、y 轴分别交于点 A，B，$y_2 = -\dfrac{1}{3}x + b$ 的图象与 x 轴、y 轴分别交于点 D，E，且两个函数图象相交于点 $C(m, 5)$．

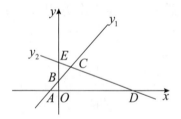

　(1) 填空：$m = $ _____，$b = $ _____．

　(2) x 满足什么条件时，$0 < y_2 < y_1$？

📖 中考清

1. （杭州中考）已知一次函数 $y_1 = ax + b$ 和 $y_2 = bx + a (a \ne b)$．函数 y_1 和 y_2 的图象可能是 （　　）

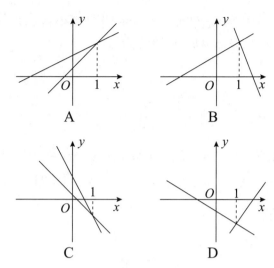

A　　　　　　　　B

C　　　　　　　　D

2. （湘潭中考）如图，直线 $y = kx + b (k < 0)$ 经过点 $P(1, 1)$，当 $kx + b \ge x$ 时，则 x 的取值范围为 （　　）

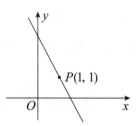

　　A. $x \le 1$　　B. $x \ge 1$　　C. $x < 1$　　D. $x > 1$

3. （乐山中考）直线 $y = kx + b$ 在平面直角坐标系中的位置如图所示，则不等式 $kx + b \le 2$ 的解集是 📹 （　　）

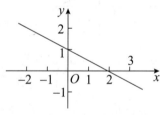

　　A. $x \le -2$　　B. $x \le -4$　　C. $x \ge -2$　　D. $x \ge -4$

4. （北京中考）在平面直角坐标系 xOy 中，一次函数 $y = kx + b (k \ne 0)$ 的图象由函数 $y = \dfrac{1}{2}x$ 的图象向下平移 1 个单位长度得到．

　(1) 求这个一次函数的解析式；

　(2) 当 $x > -2$ 时，对于 x 的每一个值，函数 $y = mx (m \ne 0)$ 的值大于一次函数 $y = kx + b$ 的值，直接写出 m 的取值范围．

考点 6 一次函数的实际应用

笔记清单

● 一次函数实际应用的常见类型

1. 简单应用：一般只涉及一个简单表达式.

2. 分段函数问题：函数关系随自变量取值范围的变化而不同，如阶梯计费问题、促销问题.

3. 双函数问题：问题情境涉及两个相关表达式，如方案问题、相遇问题.

● 利用一次函数解应用题的一般步骤

1. 设定实际问题中的变量；

2. 建立一次函数解析式；

3. 确定自变量的取值范围；

4. 结合方程、不等式以及函数的性质解决实际应用题.

● 行程图象问题

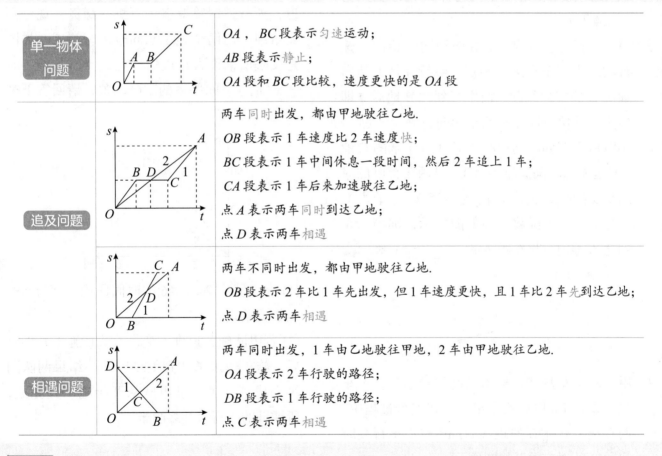

单一物体问题		OA，BC 段表示匀速运动； AB 段表示静止； OA 段和 BC 段比较，速度更快的是 OA 段
追及问题		两车同时出发，都由甲地驶往乙地. OB 段表示 1 车速度比 2 车速度快； BC 段表示 1 车中间休息一段时间，然后 2 车追上 1 车； CA 段表示 1 车后来加速驶往乙地； 点 A 表示两车同时到达乙地； 点 D 表示两车相遇
		两车不同时出发，都由甲地驶往乙地. OB 段表示 2 车比 1 车先出发，但 1 车速度更快，且 1 车比 2 车先到达乙地； 点 D 表示两车相遇
相遇问题		两车同时出发，1 车由乙地驶往甲地，2 车由甲地驶往乙地. OA 段表示 2 车行驶的路径； DB 段表示 1 车行驶的路径； 点 C 表示两车相遇

> 总结

1. 直线"下降"→距原点地（四幅图中均为甲地）越来越近；直线"上升"→距原点地越来越远.

2. 两直线的交点→相遇（两车间距为 0）.

基础清

1. 设备每年都需要检修，该设备使用年数 n（n 为正整数且 $1 \leq n \leq 10$）与第 1 年至第 n 年该设备检修支出的费用总和 y（单位：万元）满足关系式 $y = 1.4n - 0.5$，下列结论正确的是
（　　）

A. 从第 2 年起，每年的检修费用比上一年增加 1.4 万元

B. 从第 2 年起，每年的检修费用比上一年减少 0.5 万元

C. 第 1 年至第 5 年平均每年的检修费用为 3.7 万元

D. 第 6 年至第 10 年平均每年的检修费用为 1.4 万元

2. 甲、乙两车分别从 A，B 两地同时相向匀速行驶，当乙车到达 A 地后，继续保持原速向远离 B 的方向行驶，而甲车到达 B 地后立即掉头，并保持原速与乙车同向行驶，经过 12 小时后两车同时到达距 A 地 300 千米的 C 地（中途休息时间忽略不计）. 设两车行驶的时间为 x（时），两车之间的距离为 y（千米），y 与 x 之间的函数关系如图所示，则当乙车到达 A 地时，甲车距 A 地 _____ 千米. 🔘

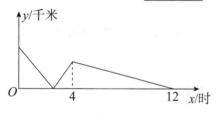

3. 甲、乙两车从佳木斯出发前往哈尔滨，甲车先出发，1 h 以后乙车出发，在整个过程中，两车离开佳木斯的距离 y(km) 与乙车行驶时间 x(h) 的对应关系如图所示：

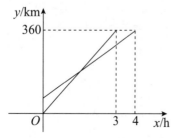

(1) 直接写出佳木斯、哈尔滨两城之间的距离是多少千米.

(2) 求乙车出发多长时间追上甲车.

(3) 直接写出甲车在行驶过程中经过多长时间，与乙车相距 18 km.

4. 李沧区海绵工程建设过程中，需要将某小区内两段长度相等的人行道改造为透水人行道，人行道绿篱改造为下沉式绿篱. 现分别交给甲、乙两个施工队同时进行施工. 如图是反映所铺设人行道的长度 y（米）与施工时间 x（时）之间关系的部分图象，请回答下列问题：

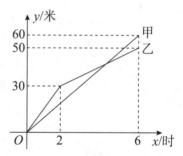

(1) 求乙队在 $2 \leq x \leq 6$ 的时间段内，y 与 x 的函数关系式；

(2) 若甲队施工速度不变，乙队在施工 6 小时后，施工速度增加到 12 米/时，结果两队同时完成了任务，求甲队从开始施工到完成，所铺设的人行道共多少米.

5. 某校组织七年级学生和带队教师共 650 人参加一次大型公益活动，已知学生人数的一半比带队教师人数的 10 倍还多 10 人，学校计划租赁 30 座的 A 型中巴车和 45 座的 B 型中巴车共 16 辆（两种车都租），A 型中巴车每辆日租金 900 元，B 型中巴车每辆日租金 1 200 元.

(1) 参观活动的七年级学生和带队教师各有多少人？

(2) 共有几种不同的租车方案？最少的租车费用为多少元？

6. 某人因需要经常去复印资料，甲复印社直接按每次印的页数计费，乙复印社可以加入会员，但需按月付一定的会员费. 两复印社每月收费情况如图所示，根据图中提供的信息回答下列问题：

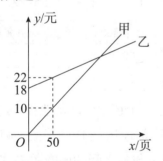

(1) 乙复印社要求客户每月支付的会员费是 _____ 元，甲复印社每页收费是 _____ 元.

(2) 求出乙复印社收费情况 y 关于复印页数 x 的函数解析式，并说明一次项系数的实际意义.

(3) 当每月复印多少页时，两复印社实际收费相同？

(4) 如果每月复印 200 页，应选择哪家复印社？

7. 某农机租赁公司共有 50 台收割机，其中甲型 20 台，乙型 30 台. 现将这 50 台收割机派往 A，B 两地区收割水稻，其中 30 台派往 A 地区，20 台派往 B 地区，两地区与该农机租赁公司商定的每天租赁价格如表：

	每台甲型收割机的租金	每台乙型收割机的租金
A 地区	1 800 元	1 600 元
B 地区	1 600 元	1 200 元

(1) 设派往 A 地区 x 台乙型收割机，农机租赁公司这 50 台收割机一天获得的租金为 y 元，求 y 关于 x 的函数关系式.

(2) ⊕易错 试问有无可能一天获得的总租金是 80 050 元？若有可能，请写出相应的调运方案；若无可能，请说明理由.

8. 某水池的容积为 90 m³，水池中已有水 10 m³，现按 8 m³/h 的流量向水池注水.

(1) 写出水池中水的体积 y(m³) 与进水时间 t(h) 之间的函数解析式，并写出自变量 t 的取值范围.

(2) 当 $t = 1$ 时，求 y 的值；当 $y = 50$ 时，求 t 的值.

能力清

1. 甲、乙两人分别从笔直道路上的 A，B 两地出发相向匀速而行，已知甲比乙先出发 6 分钟，两人在 C 地相遇，相遇后甲立即按原速原路返回 A 地，乙继续向 A 地前行，约定先到 A 地者停止运动就地休息．若甲、乙两人相距的路程 y（米）与甲行走的时间 x（分）之间的关系如图所示，有下列说法：
①甲的速度是 60 米／分，乙的速度是 80 米／分；
②甲出发 30 分钟时，两人在 C 地相遇；
③乙到达 A 地时，甲与 A 地相距 450 米．
其中正确的说法有 （　　）

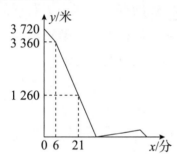

A. 0 个　　B. 1 个　　C. 2 个　　D. 3 个

2. 甲、乙两运动员在直线跑道上同起点、同终点、同方向匀速跑步 560 米，先到终点的运动员原地休息．已知甲先出发 1 秒，两运动员之间的距离 y（米）与乙出发的时间 x（秒）之间的关系如图所示．给出以下结论：① $a = 7$；② $b = 63$；③ $c = 80$．其中正确的是 （　　）

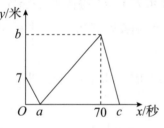

A. ①②③　　　　　　　B. ②③
C. ①②　　　　　　　　D. ①③

3. 某市为了鼓励居民节约用电，采用分段计费的方法按月计算每户家庭的电费，分两档收费：第一档是当月用电量不超过 240 度时实行"基础电价"；第二档是当用电量超过 240 度时，其中 240 度仍按照"基础电价"计费，超过的部分按照"提高电价"收费．设每个家庭月用电量为 x 度时，应交电费为 y 元．具体收费情况如折线图所示，下列叙述错误的是 （　　）

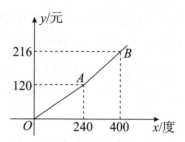

A. "基础电价"是 0.5 元／度
B. "提高电价"是 0.6 元／度
C. 小红家 5 月份用电 260 度的电费是 132 元
D. 小红家 4 月份 198 元电费的用电量是 129 度

4. 党中央统一部署指挥全国的抗疫，各级政府统筹安排生产与民生，全民抗疫，同心同德．疫情期间，甲、乙两个蔬菜生产基地向 A，B 两疫情城市运送蔬菜，以解决民生问题．已知甲、乙两基地共有蔬菜 500 吨，其中甲基地蔬菜比乙基地少 100 吨，从甲、乙基地往 A，B 两城运蔬菜的费用如表．现 A 城需要蔬菜 240 吨，B 城需要蔬菜 260 吨．

	甲基地	乙基地
A 城	20 元／吨	15 元／吨
B 城	25 元／吨	30 元／吨

(1) 甲、乙两个蔬菜生产基地各有蔬菜多少吨？
(2) 设从乙基地运往 B 城蔬菜 x 吨，总运费为 y 元，求 y 与 x 之间的函数关系式，并写出自变量 x 的取值范围．
(3) 易错 由于开通新的线路，使乙基地运往 B 城的运费每吨减少 a(a > 0) 元，其余路线运费不变．若总运费的最小值不小于 10 020 元，求 a 的最大整数解．

5. 甲、乙两人同时各接受了 300 个零件的加工任务，甲比乙每小时加工的数量多，两人同时开工，其中一人因机器故障停止加工若干小时后又继续按原速加工，直到他们各自完成任务. 如图表示甲比乙多加工的零件数量 y (个) 与加工时间 x (时) 之间的函数关系，观察图象解决下列问题:

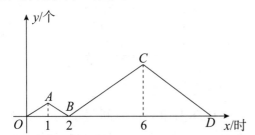

(1) 其中一人因故障，停止加工 1 小时，点 C 表示的实际意义是_____. 甲每小时加工的零件数量为_____个.

(2) 求线段 BC 对应的函数解析式和点 D 坐标.

(3) 乙在加工的过程中，多少小时时比甲少加工 75 个零件?

(4) 为了使乙能与甲同时完成任务，现让丙帮乙加工，直到完成. 丙每小时能加工 80 个零件，并把丙加工的零件数记在乙的名下，问丙应在第多少小时时开始帮助乙? 并在图中用线画出丙帮助后 y 与 x 之间的函数关系的图象.

6. 共享电动车是一种新理念下的交通工具，主要面向 3~10 km 的出行市场. 现有 A，B 品牌的共享电动车，收费与骑行时间之间的函数关系如图所示，其中 A 品牌的收费方式对应 y_1，B 品牌的收费方式对应 y_2.

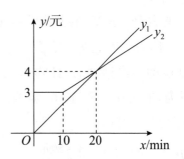

(1) 请求出两个函数关系式.

(2) 如果小明每天早上需要骑行 A 品牌或 B 品牌的共享电动车去工厂上班，已知两种品牌共享电动车的平均行驶速度均为 20 km/h，小明家到工厂的距离为 6 km，那么小明选择哪个品牌的共享电动车更省钱?

(3) 直接写出第几分钟，两种品牌的共享电动车收费相差 1.5 元.

7. 某公司在甲、乙两仓库分别有农用车 12 辆和 6 辆，现要调往 A 县 10 辆，调往 B 县 8 辆，已知调运一辆农用车的费用如表:

仓库	A 县	B 县
甲	40 元 / 辆	80 元 / 辆
乙	30 元 / 辆	50 元 / 辆

(1) 设从乙仓库调往 A 县农用车 x 辆，求总运费 y 关于 x 的函数关系式.

(2) 若要求总运费不超过 900 元，共有哪几种调运方案?

(3) 第 (2) 问中总运费最低的调运方案是哪个? 最低运费是多少元?

8. 如图，正方形 $ABCD$ 的边长为 $6\,\text{cm}$，动点 P 从点 A 出发，在正方形的边上由 $A \Rightarrow B \Rightarrow C \Rightarrow D$ 运动，设运动的时间为 $t(\text{s})$，$\triangle APD$ 的面积为 $S(\text{cm}^2)$，S 与 t 的函数图象如图所示，请回答下列问题：

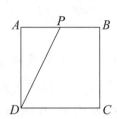 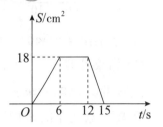

(1) 点 P 在 AB 上运动的速度为_____，在 CD 上运动的速度为_____；

(2) 求出点 P 在 CD 上运动时 S 与 t 的函数关系式；

(3) t 为何值时，$\triangle APD$ 的面积为 $10\,\text{cm}^2$？

中考清

1. （济南中考）某学校要建一块矩形菜地供学生参加劳动实践，菜地的一边靠墙，另外三边用木栏围成，木栏总长为 $40\,\text{m}$. 如图所示，设矩形一边长为 $x\,\text{m}$，另一边长为 $y\,\text{m}$，当 x 在一定范围内变化时，y 随 x 的变化而变化，则 y 与 x 满足的函数关系是 （　　）

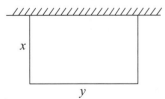

A. 正比例函数关系　　B. 一次函数关系

C. 反比例函数关系　　D. 二次函数关系

2. （重庆中考）小明从家出发沿笔直的公路去图书馆，在图书馆阅读书报后按原路回到家. 如图，反映了小明离家的距离 y（单位：km）与时间 t（单位：h）之间的对应关系. 下列描述错误的是 （　　）

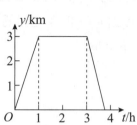

A. 小明家距图书馆 $3\,\text{km}$

B. 小明在图书馆阅读时间为 $2\,\text{h}$

C. 小明在图书馆阅读书报和往返总时间不足 $4\,\text{h}$

D. 小明去图书馆的速度比回家时的速度快

3. 跨学科（广东中考）物理实验证实：在弹性限度内，某弹簧长度 $y(\text{cm})$ 与所挂物体质量 $x(\text{kg})$ 满足函数关系 $y = kx + 15$. 下表是测量物体质量时，该弹簧长度与所挂物体质量的数量关系.

x	0	2	5
y	15	19	25

(1) 求 y 与 x 的函数关系式；

(2) 当弹簧长度为 $20\,\text{cm}$ 时，求所挂物体的质量.

4. (济宁中考) 某运输公司安排甲、乙两种货车 24 辆恰好一次性将 328 吨的物资运往 A，B 两地，两种货车载重量及到 A，B 两地的运输成本如表：

货车类型	载重量/(吨/辆)	运往 A 地的成本/(元/辆)	运往 B 地的成本/(元/辆)
甲种	16	1 200	900
乙种	12	1 000	750

(1) 求甲、乙两种货车各用了多少辆.

(2) 如果前往 A 地的甲、乙两种货车共 12 辆，所运物资不少于 160 吨，其余货车将剩余物资运往 B 地. 设甲、乙两种货车到 A，B 两地的总运输成本为 ω 元，前往 A 地的甲种货车为 t 辆.

①写出 ω 与 t 之间的函数解析式.

②当 t 为何值时，ω 最小？最小值是多少？

5. (呼和浩特中考) 下面图片是七年级教科书中"实际问题与一元一次方程"的探究 3.

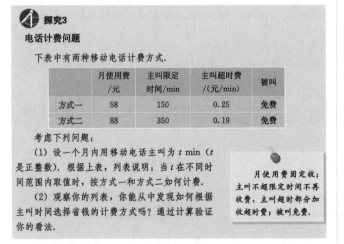

小明升入初三再看这个问题，发现两种计费方式，每一种都是因主叫时间的变化而引起计费的变化，他把主叫时间视为在正实数范围内变化，决定用函数来解决这个问题.

(1) 根据函数的概念，小明首先将问题中的两个变量分别设为自变量 x 和自变量的函数 y，请你帮小明写出：x 表示问题中的_____，y 表示问题中的_____. 并写出计费方式一和二分别对应的函数解析式.

(2) 在给出的正方形网格纸上画出 (1) 中两个函数的大致图象，并依据图象直接写出如何根据主叫时间选择省钱的计费方式 (注：坐标轴单位长度可根据需要自己确定).

6. (泸州中考) 某运输公司有 A，B 两种货车，3 辆 A 货车与 2 辆 B 货车一次可以运货 90 吨，5 辆 A 货车与 4 辆 B 货车一次可以运货 160 吨.

(1) 请问 1 辆 A 货车和 1 辆 B 货车一次可以分别运货多少吨？

(2) 目前有 190 吨货物需要运输，该运输公司计划安排 A，B 两种货车将全部货物一次运完 (A，B 两种货车均满载)，其中每辆 A 货车一次运货花费 500 元，每辆 B 货车一次运货花费 400 元. 请你列出所有的运输方案，并指出哪种运输方案费用最少.

考点 7 一次函数的三大变换

笔记清单

● 平移

1. 上下平移：横坐标不变，改变的是纵坐标，也就是函数值 y.

　向上平移，函数值 y 变大，可以看作在整个解析式的后面加上平移的距离；

　向下平移，函数值 y 变小，可以看作在整个解析式的后面减去平移的距离. ⟶ 简记为"上加下减".

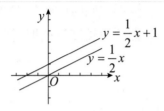 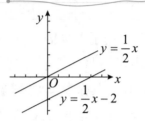

2. 左右平移：纵坐标不变，改变的是横坐标，也就是自变量 x.

　向左平移，自变量 x 变小，可以看作加上平移的距离；

　向右平移，自变量 x 变大，可以看作减去平移的距离. ⟶ 简记为"左加右减".

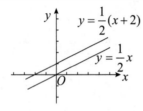 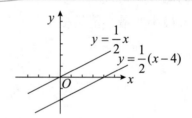

▷ 总结

(口诀) 左加右减自变量，上加下减常数项. ⟶ 包含 x 的每一项都需要改变.

● 对称

1. 关于坐标轴对称：

(1) 关于 x 轴对称（翻折、折叠）后，横坐标不变，纵坐标变为相反数，即 $y=kx+b$ 关于 x 轴对称后的解析式为 $-y=kx+b$，整理得 $y=-kx-b$（图1）.

(2) 关于 y 轴对称（翻折、折叠）后，纵坐标不变，横坐标变为相反数，即 $y=kx+b$ 关于 y 轴对称后的解析式为 $y=k(-x)+b$，整理得 $y=-kx+b$（图2）.

(3) 关于原点对称（绕原点旋转180°、中心对称）后，横、纵坐标都变为相反数，即 $y=kx+b$ 关于原点对称后的解析式为 $-y=k(-x)+b$，整理得 $y=kx-b$（图3）.

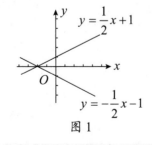 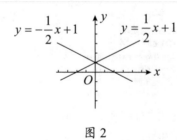 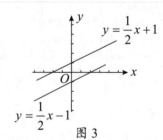

图1　　　　　　　　　图2　　　　　　　　　图3

2. 关于特殊直线对称：

关于直线 $x = m$ 对称 (翻折、折叠)	关于直线 $y = n$ 对称 (翻折、折叠)
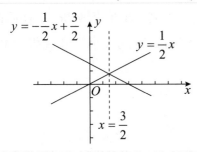	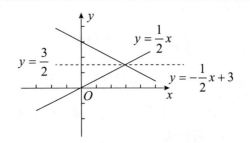

总结

1. 关于坐标轴对称口诀：关于谁对称，谁不变，另一个量变为相反数；关于原点对称，横纵坐标都要变.

2. 含有对称时求直线的方法：

　①根据两点确定一条直线，结合图形求出对称后直线上两个点的坐标，再用待定系数法求出解析式即可.

　②关于直线 $x = m$ 或 $y = n$ 对称后，直线的一次项系数变为相反数 $-k$，再求出对称后直线上的一个点代入解析式即可，也可以利用 "垂直 + 中点坐标公式" 求解 (此方法适用于所有对称直线).

> 中点坐标公式：点 $A(x_1, y_1)$ 与点 $B(x_2, y_2)$ 的中点可以表示为 $\left(\dfrac{x_1 + x_2}{2}, \dfrac{y_1 + y_2}{2} \right)$.

　③特殊地，x 轴也可以称为直线 $y = 0$，y 轴也可以称为直线 $x = 0$.

● 旋转

一般情况下，旋转角均为特殊角，要牢记特殊角的三角函数值.

注意 旋转中心的点坐标不发生改变，且均在旋转前和旋转后的直线上.

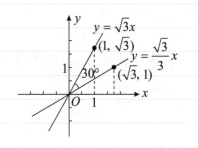

习题清单

答案 P15

基础清

1. 直线 $y = 3x + 1$ 向下平移 2 个单位长度，所得直线的解析式是　　　　　　　(　)

　A. $y = 3x + 3$　　　　B. $y = 3x - 2$

　C. $y = 3x + 2$　　　　D. $y = 3x - 1$

2. 在平面直角坐标系中，将直线 $y = 3x$ 先向左平移 2 个单位长度，再向上平移 5 个单位长度，则平移后的新直线为　　　(　)

　A. $y = 3x - 1$　　　　B. $y = 3x + 11$

　C. $y = 3x + 5$　　　　D. $y = 3x + 3$

3. 易错 若直线 $y = kx - b$ 沿 y 轴平移 3 个单位长度得到新的直线 $y = kx - 1$，则 b 的值为　　　(　)

　A. -2 或 4　　　　B. 2 或 -4

　C. 4 或 -6　　　　D. -4 或 6

4. 与直线 $y = 2x + 1$ 关于 x 轴对称的直线是　(　)

　A. $y = -2x + 1$

　B. $y = -2x - 1$

　C. $y = -\dfrac{1}{2}x - 1$

　D. $y = -\dfrac{1}{2}x + 1$

5. 已知直线 l：$y = -\frac{1}{2}x + 1$ 与 x 轴交于点 P，将 l 绕点 P 顺时针旋转 $90°$ 得到直线 l'，则直线 l' 的解析式为 （　　）

　A. $y = \frac{1}{2}x - 1$ 　　　　　B. $y = 2x - 1$

　C. $y = \frac{1}{2}x - 4$ 　　　　　D. $y = 2x - 4$

6. 直线 l 关于 x 轴对称所得的直线是 $y = 3x + 1$，则直线 l 的解析式为 _____．

7. 已知直线 l：$y = 2x + 4$ 交 x 轴于点 A，交 y 轴于点 B．

　(1) 直接写出直线 l 向右平移 2 个单位长度得到的直线 l_1 的解析式：_____；

　(2) 直接写出直线 l 关于 $y = -x$ 对称的直线 l_2 的解析式：_____．

8. 已知一次函数 $y = -\frac{1}{2}x + 1$，它的图象与 x 轴交于点 A，与 y 轴交于点 B．

　(1) 点 A 的坐标为 _____，点 B 的坐标为 _____；

　(2) 画出此函数的图象；

　(3) 画出该函数的图象向下平移 3 个单位长度后得到的图象；

　(4) 写出一次函数 $y = -\frac{1}{2}x + 1$ 图象向下平移 3 个单位长度后所得图象对应的解析式．

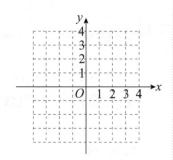

9. 在平面直角坐标系 xOy 中，直线 $y = 2x + 1$ 与 x 轴交于点 A，与 y 轴交于点 B．

　(1) 求点 A，B 的坐标；

(2) 点 A 关于 y 轴的对称点为 C，将直线 $y = 2x + 1$，直线 BC 都沿 y 轴向上平移 t（$t > 0$）个单位长度，点 $(-1, m)$ 在直线 $y = 2x + 1$ 平移后的图形上，点 $(2, n)$ 在直线 BC 平移后的图形上，试比较 m，n 的大小，并说明理由．

能力清

1. 如图，将线段 AB 平移到线段 CD 的位置，则 $a + b$ 的值为 （　　）

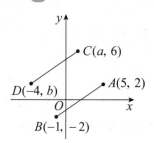

　A. 4　　　B. 0　　　C. 3　　　D. -5

2. 如图，在平面直角坐标系 xOy 中，直线 $y = \sqrt{3}x$ 经过点 A，作 $AB \perp x$ 轴于点 B，将 $\triangle ABO$ 绕点 B 逆时针旋转 $60°$ 得到 $\triangle CBD$．若点 B 的坐标为 $(2, 0)$，则点 C 的坐标为 （　　）

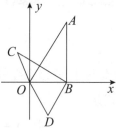

　A. $(-1, \sqrt{3})$ 　　　　B. $(-2, \sqrt{3})$

　C. $(-\sqrt{3}, 1)$ 　　　　D. $(-\sqrt{3}, 2)$

3. 如果将直线 $y = 3x - 1$ 平移，使其经过点 $(0, 2)$，那么平移后所得直线的解析式是 _____．

4. 定义：若两个函数的图象关于直线 $y = x$ 对称，则称这两个函数互为反函数．请写出函数 $y = 2x + 1$ 的反函数的解析式：_____．

5. 如图，已知一次函数 $y = kx + b$ 的图象过点 $A(-4, -2)$ 和点 $B(2, 4)$.

   (1) 求直线 AB 的解析式；

   (2) 将直线 AB 平移，使其经过原点 O，求线段 AB 扫过的面积.

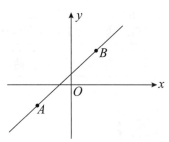

6. 已知直线 $y = (m+1)x^{|m|-1} + (2m-1)$，当 $x_1 > x_2$ 时，$y_1 > y_2$，求该直线的解析式，并求该直线经过怎样的上下平移就能过点 $(2, 5)$.

7. 我们把形如 $y = \begin{cases} x - a (x \geq a), \\ -x + a (x < a) \end{cases}$ 的函数称为对称一次函数，其中 $y = x - a (x \geq a)$ 的图象叫做函数的右支，$y = -x + a (x < a)$ 的图象叫做函数的左支.

   (1) 当 $a = 0$ 时，

   ①在下面平面直角坐标系中画出该函数图象；

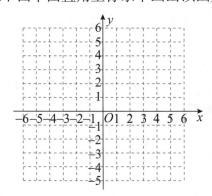

   ②点 $P(1, m)$ 和点 $Q(n, 2)$ 在函数图象上，则 $m = \underline{\qquad}$，$n = \underline{\qquad}$.

   (2) 点 $A(4, 3)$ 在对称一次函数图象上，求 a 的值.

   (3) 点 C 坐标为 $(-1, 2)$，点 D 坐标为 $(4, 2)$，当一次对称函数图象与线段 CD 有交点时，直接写出 a 的取值范围.

8. 如图，直线 $y = \frac{1}{3}x + 2$ 交 y 轴于点 A，交直线 $y = 3x - 6$ 于点 B，直线 $y = 3x - 6$ 交 x 轴于点 C，直线 BC 顺时针旋转 $45°$ 得到直线 CD，求直线 CD 的解析式. ▢

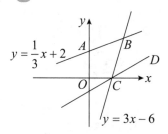

🔖 中考清

1. （甘肃中考）将直线 $y = 5x$ 向下平移 2 个单位长度，所得直线的表达式为　　　（　　）

   A. $y = 5x - 2$　　　　B. $y = 5x + 2$

   C. $y = 5(x + 2)$　　　D. $y = 5(x - 2)$

2. （桂林中考）如图，与图中直线 $y = -x + 1$ 关于 x 轴对称的直线的函数表达式是 $\underline{\qquad}$.

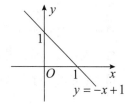

3. （南京中考）将一次函数 $y = -2x + 4$ 的图象绕原点 O 逆时针旋转 $90°$，所得到的图象对应的函数表达式是 $\underline{\qquad}$.

4. （泸州中考）一次函数 $y = kx + b (k \neq 0)$ 的图象与反比例函数 $y = \dfrac{m}{x}$ 的图象相交于 $A(2, 3)$，$B(6, n)$ 两点. ▢

   (1) 求一次函数的解析式；

   (2) 将直线 AB 沿 y 轴向下平移 8 个单位长度后得到直线 l，l 与两坐标轴分别相交于 M，N，与反比例函数的图象相交于点 P，Q，求 $\dfrac{PQ}{MN}$ 的值.

考点 8 一次函数面积与最值

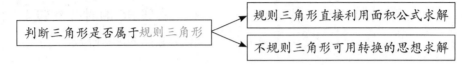

● 一次函数面积问题

1. 平面直角坐标系中计算三角形面积的通法:

判断三角形是否属于 规则三角形 → 规则三角形直接利用面积公式求解

→ 不规则三角形可用转换的思想求解

2. 方法梳理:

类型	方法	图示	面积
三角形某条边 在坐标轴上	利用点到坐标轴的距离求出高,然后利用"底×高×$\frac{1}{2}$"计算面积	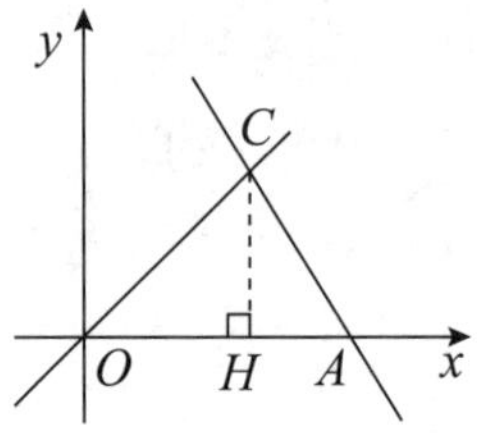	$S_{\triangle OAC} = \frac{1}{2} \times OA \times CH$
三角形某条边 平行于坐标轴	以平行于坐标轴的直线上的边为底,另一点到该直线的距离为高,利用面积公式计算	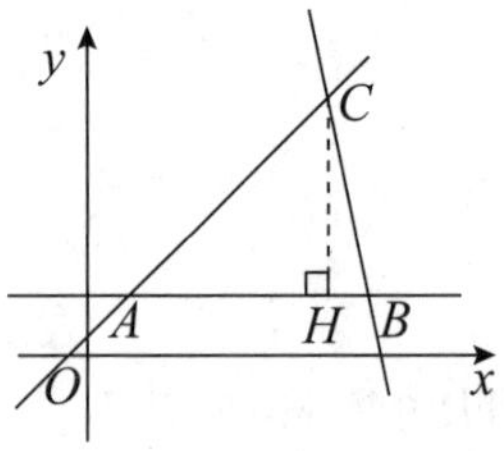	$S_{\triangle ABC} = \frac{1}{2} \times AB \times CH$
三角形三条边 都不平行于 坐标轴	割补法:过已知点向坐标轴作平行线或垂线,将三角形补成规则图形(有边平行于坐标轴)	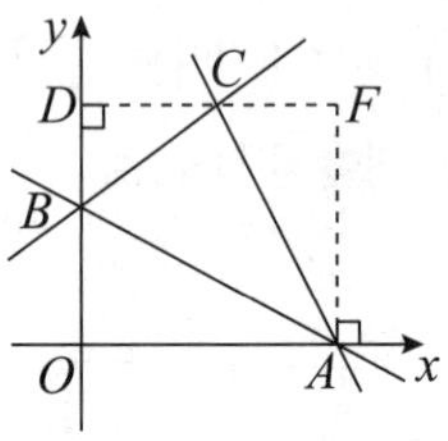	$S_{\triangle ABC} = S_{正方形AODF} - S_{\triangle BCD} -$ $S_{\triangle CAF} - S_{\triangle ABO}$
	铅垂法:过已知点向坐标轴作平行线或垂线交对边于一点,将已知三角形分成上下或左右两部分. 公式:三角形面积=水平宽×铅垂高×$\frac{1}{2}$	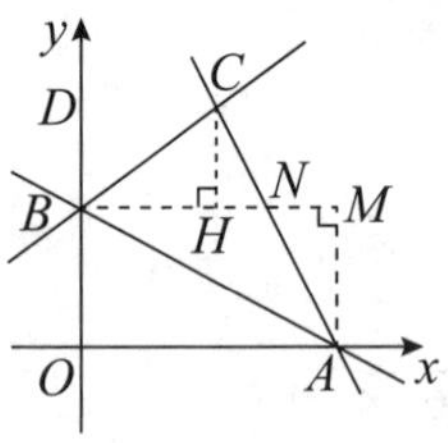	$S_{\triangle ABC} = S_{\triangle CBN} + S_{\triangle ABN}$ $= \frac{1}{2} \times BN \times CH + \frac{1}{2} \times BN \times AM$ $= \frac{1}{2} \times BN \times (CH + AM)$ $= \frac{1}{2} \times BN \times |y_C - y_A|$
	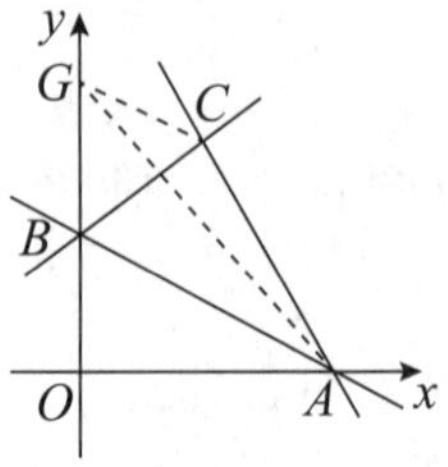 平移法:通过作平行线将不平行于坐标轴的三角形转换成平行于坐标轴的三角形. 原理:平行线间距离处处相等 CG//AB		$S_{\triangle ABC} = S_{\triangle ABG}$

● 一次函数最值问题

常见问题	解题方法
两条线段和问题	将军饮马模型：在直线 l 上求一点 P，使 $PA+PB$ 的值最小 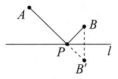 胡不归模型：点 A 是直线 l 上的定点，点 B 是直线 l 外的定点，确定点 P，使 $PA+kPB$ 的值最小 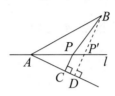
多条线段和问题	三点共线和最小（三角形三边关系转化） 通过构造平行四边形进行转化

习题清单

答案 P18

📘 基础清

1. 如图，一次函数 $y=-\dfrac{1}{2}x+3$ 的图象分别与 x 轴、y 轴交于点 A、点 B，与正比例函数 $y=x$ 的图象交于点 C，则 $\triangle BOC$ 与 $\triangle AOC$ 的面积比为　　　（　　）

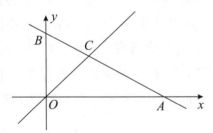

A. $\dfrac{1}{2}$　　　　　　　B. 1

C. $\dfrac{2}{3}$　　　　　　　D. 2

2. 已知一次函数 $y=\dfrac{3}{2}x+m$ 与 $y=-\dfrac{x}{2}+n$ 的图象都经过点 $A(-4,0)$，且与 y 轴分别交于 B，C 两点，则 $\triangle ABC$ 的面积是　（　　）

A. 12　　　　　　　　B. 13

C. 16　　　　　　　　D. 18

3. 如图，将直线 $y=3x+2$ 向下平移 8 个单位长度后，与直线 $y=\dfrac{1}{2}x+4$ 及 x 轴围成的 $\triangle ABC$ 的面积是　　　　　　　　（　　）

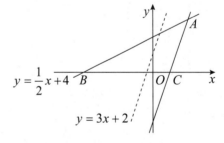

A. 25　　　B. 28　　　C. 30　　　D. 35

4. 在平面直角坐标系中，O 为坐标原点，若直线 $y=x+3$ 分别与 x 轴、直线 $y=-2x$ 交于点 A，B，则 $\triangle AOB$ 的面积为　　　　　　　．

5. 已知直线 $y=kx+2k-1$ 和直线 $y=(k+1)x+2k+1$（k 是正整数）与 x 轴及 y 轴所围成图形的面积为 S，则 S 的最小值是　　　　　　　．

6. 在平面直角坐标系中有一点 $Q\left(-\dfrac{3}{2},0\right)$，若 a 为任意实数，点 P 的坐标为 $(a+1,2a+1)$，则 PQ 的最小值为　　　　　　　．

7. 如图，直线 $y = x + 4$ 与 x 轴、y 轴分别交于点 A 和 B，点 C，D 分别为线段 AB，OB 的中点，P 为 OA 上一动点，当 $PC + PD$ 的值最小时，点 P 的坐标为＿＿＿＿．

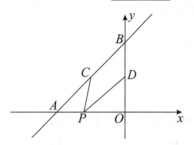

8. 如图，已知直线 l：$y = kx - 1$ 经过点 A 与点 $P(2, 3)$．

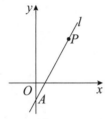

(1) 求直线 l 的解析式；

(2) 若在 y 轴上有一点 B，使 $\triangle APB$ 的面积为 5，求点 B 的坐标．

9. 如图，一次函数 $y = -\dfrac{4}{3}x + 4$ 的图象分别与 x 轴、y 轴的正半轴交于点 A，B，一次函数 $y = kx - 4$ 的图象与直线 AB 交于点 $C(m, 2)$，且与 x 轴交于点 D．

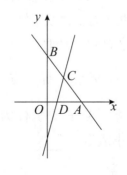

(1) 求 m 的值及点 A，B 的坐标；

(2) 求 $\triangle ACD$ 的面积；

(3) 若点 P 是 x 轴上的一个动点，当 $S_{\triangle PCD} = \dfrac{1}{2} S_{\triangle ACD}$ 时，求出点 P 的坐标．

10. 如图，已知一次函数 $y = kx + b$ 的图象经过 $A(1, 4)$，$B(4, 1)$ 两点，并且交 x 轴于点 C，交 y 轴于点 D．

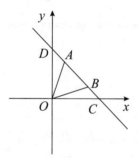

(1) 求该一次函数的解析式．

(2) 若 y 轴存在一点 P 使 $PA + PB$ 的值最小，求此时点 P 的坐标及 $PA + PB$ 的最小值．

(3) 在 x 轴上是否存在一点 M，使 $\triangle MOA$ 的面积等于 $\triangle AOB$ 的面积？若存在，请直接写出点 M 的坐标；若不存在，请说明理由．

能力清

1. 易错 如图，在平面直角坐标系中，已知直线 l_1，l_2，l_3 所对应的函数解析式分别为 $y_1 = x + 2$，$y_2 = x - 3$，$y_3 = kx - 2k + 4$（$k \neq 0$ 且 $k \neq 1$）. 若 l_1 与 x 轴相交于点 A，l_3 与 l_1，l_2 分别相交于点 P，Q，则 $\triangle APQ$ 的面积 （ ）

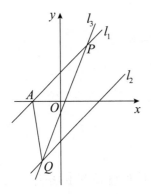

A. 等于 8

B. 等于 10

C. 等于 12

D. 随着 k 的取值变化而变化

2. 如图，四边形 $OABC$ 是边长为 6 的正方形，D 点坐标为 $(4, -1)$，$BE = \dfrac{1}{6} OB$，直线 l 过 A，C 两点，P 是 l 上一动点，当 $|EP - DP|$ 的值最大时，点 P 的坐标为 （ ）

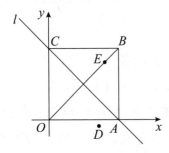

A. $(14, -6)$ B. $(13, -7)$

C. $(13, 7)$ D. $(-14, 6)$

3. 如图，在平面直角坐标系中，直线 $y = \dfrac{3}{4}x - 3$ 分别与 x 轴、y 轴相交于点 A，B，点 E，F 分别是正方形 $OACD$ 的边 OD，AC 上的动点，且 $DE = AF$，过原点 O 作 $OH \perp EF$，垂足为 H，连接 HA，HB，则 $\triangle HAB$ 面积的最大值为 （ ）

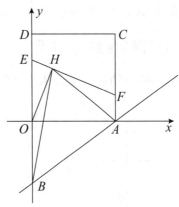

A. $6 + 5\sqrt{2}$ B. 12

C. $6 + 3\sqrt{2}$ D. $\dfrac{13 + 5\sqrt{2}}{2}$

4. 如图，直线 $y = ax$ 与双曲线 $y = \dfrac{k}{x}$ 相交于 $A(1, 4)$，B 两点，点 C 在双曲线 $y = \dfrac{k}{x}$ 上，直线 AC 交 y 轴于点 D. 若 $\triangle BCD$ 的面积为 12，则点 C 坐标为_____.

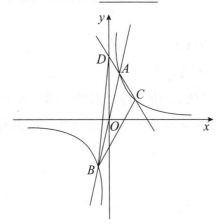

5. 如图，菱形 $ABCD$ 的顶点 $A(1, 0)$，$B(7, 0)$ 在 x 轴上，$\angle DAB = 60°$，点 E 在边 BC 上且横坐标为 8，点 F 为边 CD 上一动点，y 轴上有一点 $P\left(0, -\dfrac{5}{3}\sqrt{3}\right)$. 当点 P 到 EF 所在直线的距离取得最大值时，点 F 的坐标为_____.

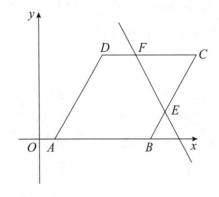

6. 如图，在平面直角坐标系中，一次函数 $y = \frac{\sqrt{3}}{3}x - \sqrt{3}$ 分别交 x 轴、y 轴于 A，B 两点，若 C 为 x 轴上的一动点，则 $2BC+AC$ 的最小值为 _____ .

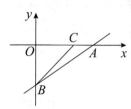

7. 如图，直线 l_1 的函数解析式为 $y = -2x+4$，且 l_1 与 x 轴交于点 B，直线 l_2 经过点 $A(5, 0)$，直线 l_1，l_2 交于点 $C(3, -2)$.

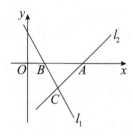

(1) 求直线 l_2 的函数解析式.

(2) 在直线 l_2 上是否存在点 P，使得 $\triangle ABP$ 的面积是 $\triangle ABC$ 的面积的 2 倍？如果存在，请求出点 P 坐标；如果不存在，请说明理由.

8. 如图，在平面直角坐标系中，直线 AB 分别与 x 轴的负半轴、y 轴的正半轴交于 A，B 两点，其中 $OA=2$，$S_{\triangle ABC}=12$，点 C 在 x 轴的正半轴上，且 $OC=OB$.

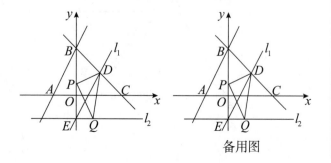

备用图

(1) 求直线 AB 的解析式；

(2) 将直线 AB 向下平移 6 个单位长度得到直线 l_1，直线 l_1 与 y 轴交于点 E，与直线 CB 交于点 D，过点 E 作 y 轴的垂线 l_2，若点 P 为 y 轴上一个动点，Q 为直线 l_2 上一个动点，求 $PD+PQ+DQ$ 的最小值.

9. 如图，在平面直角坐标系中，已知一次函数 $y = \frac{1}{2}x+1$ 的图象与 x 轴、y 轴分别交于 A，B 两点，以 AB 为边在第二象限内作正方形 $ABCD$.

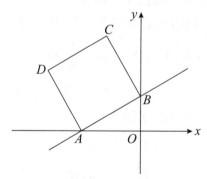

(1) 求边 AB 的长.

(2) 求点 C，D 的坐标.

(3) 在 x 轴上是否存在点 M，使 $\triangle MDB$ 的周长最小？若存在，请求出点 M 的坐标；若不存在，请说明理由.

中考清

1. （滨州中考）如图，在平面直角坐标系中，直线 $y=-\dfrac{1}{2}x-1$ 与直线 $y=-2x+2$ 相交于点 P，并分别与 x 轴相交于点 A，B.

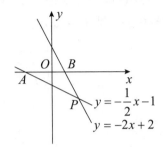

(1) 求交点 P 的坐标；

(2) 求 $\triangle PAB$ 的面积；

(3) 请把图象中直线 $y=-2x+2$ 在直线 $y=-\dfrac{1}{2}x-1$ 上方的部分描黑加粗，并写出此时自变量 x 的取值范围.

2. （随州中考）如图，一次函数 $y_1=kx+b$ 的图象与 x 轴、y 轴分别交于点 A，B，与反比例函数 $y_2=\dfrac{m}{x}(m>0)$ 的图象交于点 $C(1,2)$，$D(2,n)$.

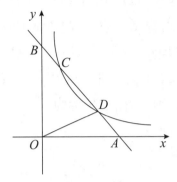

(1) 分别求出两个函数的解析式；

(2) 连接 OD，求 $\triangle BOD$ 的面积.

考点 9 一次函数动点与图形

笔记清单

● **解决一次函数动点与图形问题的思路**

1. 根据已知直线的解析式表示动点坐标；

2. 用动点和已知点的坐标表示所需线段的长度；

3. 根据动点的不同位置进行分类讨论.

● **规律探究问题**

1. 找规律问题一般都是找到循环周期，或者通过归纳总结得出通项公式.

2. 常见题型：

　　(1) 与一次函数相关的面积类规律问题；

　　(2) 与一次函数相关的坐标类规律问题.

> 如果一组数的第 n 项与它的序号之间的对应关系可以用一个式子表示，则该式子称为通项公式.

● **与一次函数动点问题有关知识点的补充**

两点之间距离公式：点 $A(x_1,y_1)$ 与点 $B(x_2,y_2)$ 之间的距离为 $|AB|=\sqrt{(x_1-x_2)^2+(y_1-y_2)^2}$.

习题清单

📝 基础清

1. 如图，直线 OA 的解析式为 $y = x$，点 P_1 坐标为 $(1, 0)$，过点 P_1 作 $P_1Q_1 \perp x$ 轴交 OA 于点 Q_1，过点 Q_1 作 $P_2Q_1 \perp OA$ 交 x 轴于点 P_2，过点 P_2 作 $P_2Q_2 \perp x$ 轴交 OA 于点 Q_2，过点 Q_2 作 $P_3Q_2 \perp OA$ 交 x 轴于点 P_3 …… 按此规律进行下去，则点 P_{100} 的坐标为 （ ）

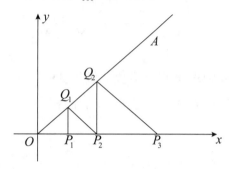

A. $(2^{100} - 1, 0)$ B. $(5\ 050, 0)$

C. $(2^{99}, 0)$ D. $(100, 0)$

2. 如图，在平面直角坐标系中，函数 $y = 3x$ 和 $y = -x$ 的图象分别为直线 l_1，l_2，过点 $(1, 0)$ 作 x 轴的垂线交 l_1 于点 A_1，过点 A_1 作 y 轴的垂线交 l_2 于点 A_2，过点 A_2 作 x 轴的垂线交 l_1 于点 A_3，过点 A_3 作 y 轴的垂线交 l_2 于点 A_4 …… 依此进行下去，则点 $A_{2\ 023}$ 的坐标为 （ ）

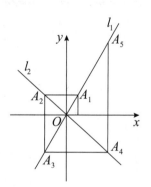

A. $(3^{1\ 010}, -3^{1\ 010})$ B. $(-3^{1\ 010}, -3^{1\ 011})$

C. $(-3^{1\ 011}, -3^{1\ 012})$ D. $(-3^{1\ 010}, -3^{1\ 010})$

3. 在平面直角坐标系中，已知点 $A(1, 2)$，$B(7, 10)$，点 C 为一次函数 $y = \frac{1}{7}x + 9$ 图象上的动点，若以 A，B，C 三点为顶点的三角形为等腰直角三角形，则点 C 坐标为＿＿＿＿＿.

4. 🔍易错 如图，在平面直角坐标系中，O 为坐标原点，一次函数 $y = \frac{1}{2}x + b$ 与 x 轴、y 轴分别交于点 $B(-8, 0)$、点 A. 点 C 的坐标为 $(3, 0)$，点 P 是 x 轴上一动点.

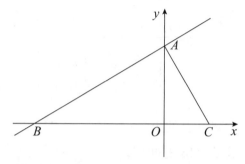

(1) 求一次函数解析式和点 A 的坐标.

(2) 连接 AP，若 $\triangle ABP$ 的面积为 10，求点 P 的坐标.

(3) 当点 P 在 x 轴上运动时，是否存在点 P 使 $\triangle APC$ 是等腰三角形？若存在，请直接写出点 P 的坐标；若不存在，请说明理由.

5. 如图 1，已知一次函数图象分别与 x，y 轴交于点 $A(2, 0)$，$B(0, 3)$ 两点. 🎥

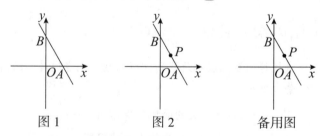

图 1   图 2   备用图

(1) 求该一次函数的解析式；

(2) 点 P 是该一次函数图象上一点，已知点 P 的横坐标为 1，y 轴上有一动点 Q，求 $PQ + QA$ 的最小值及此时点 Q 的坐标；

(3) 在 (2) 的条件下，点 M 是 x 轴上一动点，点 N 是该一次函数图象上一动点，当以 A，Q，M，N 为顶点的四边形是平行四边形时，请直接写出点 M 的坐标.

6. 如图 1，已知一次函数 $y=kx+6$ 的图象分别交 y 轴正半轴于点 A，x 轴正半轴于点 B，且 $\triangle AOB$ 的面积是 24，P 是线段 OB 上一动点.

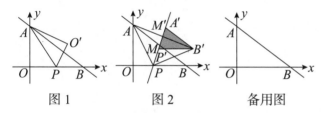

图 1　　　图 2　　　备用图

(1) 求一次函数的解析式.

(2) 如图 1，将 $\triangle AOP$ 沿 AP 翻折得到 $\triangle AO'P$，当点 O' 正好落在直线 AB 上时，

①求点 P 的坐标；

②将直线 AP 绕点 P 顺时针旋转 $45°$ 得到直线 $A'P$，求直线 $A'P$ 的解析式.

(3) 如图 2，(2)②中的直线 $A'P$ 与线段 AB 相交于点 M，将 $\triangle PBM$ 沿着射线 PA' 向上平移，平移后对应的三角形为 $\triangle P'B'M'$，当 $\triangle APB'$ 是以 AP 为直角边的直角三角形时，请求出点 P' 的坐标.

能力清

1. 如图，在平面直角坐标系中，$A(8, 0)$，点 B 为一次函数 $y=x$ 图象上的动点，以 OB 为边作正方形 $OBCD$，当 AB 最短时，点 D 恰好落在反比例函数 $y=\dfrac{k}{x}$ 的图象上，则 $k=$ （　　）

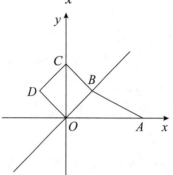

A. -9　　　　　B. -12

C. -16　　　　D. -25

2. 已知一次函数 $y=2x+b$，点 A 为其图象第一象限上一点，过点 A 作 $AB \perp x$ 轴于点 B，点 B 的横坐标为 2 018，若在线段 AB 上恰好有 2 018 个整点 (包括端点)，则 b 的取值范围是
（　　）

A. $-2\,018 \leqslant b \leqslant -2\,017$

B. $-2\,019 \leqslant b \leqslant -2\,018$

C. $-2\,018 \leqslant b < -2\,017$

D. $-2\,019 \leqslant b < -2\,018$

3. 如图，在平面直角坐标系中，$\triangle P_1OA_1$，$\triangle P_2A_1A_2$，$\triangle P_3A_2A_3$，…… 都是等腰直角三角形，其直角顶点 $P_1(3, 3)$，P_2，P_3，…… 均在直线 $y=-\dfrac{1}{3}x+4$ 上，设 $\triangle P_1OA_1$，$\triangle P_2A_1A_2$，$\triangle P_3A_2A_3$，…… 的面积分别为 S_1，S_2，S_3，……，依据图形所反映的规律，$S_{2\,022}=$ _____.

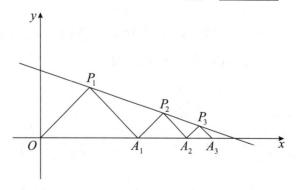

4. (1) 问题解决：

① 如图 1，在平面直角坐标系 xOy 中，一次函数 $y = \dfrac{1}{3}x + 1$ 与 x 轴交于点 A，与 y 轴交于点 B，以 AB 为腰在第二象限作等腰直角 $\triangle ABC$，$\angle BAC = 90°$，点 A，B 的坐标分别为 A_____，B_____.

② 求①中点 C 的坐标.

小明同学为了解决这个问题，提出了以下想法：过点 C 向 x 轴作垂线交 x 轴于点 D. 请你借助小明的思路，求出点 C 的坐标.

(2) 类比探究：

数学老师表扬了小明同学的方法，然后提出了一个新的问题，如图 2，在平面直角坐标系 xOy 中，点 A 坐标 $(0, -7)$，点 B 坐标 $(8, 0)$，过点 B 作 x 轴的垂线 l，点 P 是 l 上一动点，点 D 是在一次函数 $y = -2x + 2$ 图象上一动点. 若 $\triangle APD$ 是以点 D 为直角顶点的等腰直角三角形，请求出点 D 与点 P 的坐标.

(1) 求该一次函数解析式；

(2) 如图 2，点 P 是正比例函数 $y = \dfrac{1}{3}x$ 图象与一次函数图象 l_1 的交点，x 轴上有一动点 Q，求 $PQ + QB$ 的最小值及此时点 Q 的坐标；

(3) 在 (2) 的条件下，将一次函数图象 l_1 沿 y 轴翻折，点 P 对应点为 P_1，M 是 y 轴上一点，点 N 是正比例函数 $y = \dfrac{1}{3}x$ 图象上一点，当以 P_1，Q，M，N 为顶点的四边形是平行四边形时，请直接写出点 M 的坐标.

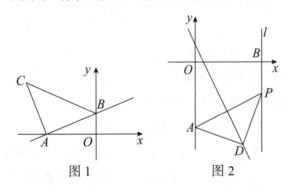

图 1　　　　图 2

6. 如图，在平面直角坐标系中，一次函数 $y = \sqrt{3}x + 3\sqrt{3}$ 的图象与 x 轴、y 轴分别交于点 A，B，在 $\square ABCD$ 中，$D(6, 0)$，一次函数 $y = \dfrac{3}{4}x + m$ 的图象过点 $E(4, 0)$，与 y 轴交于点 G，动点 P 从原点 O 沿 y 轴正方向以每秒 2 个单位长度的速度出发，同时，以点 P 为圆心的 $\odot P$，其半径从 6 个单位长度起以每秒 1 个单位长度的速度缩小，设运动时间为 t(秒).

5. 如图 1，已知一次函数图象 l_1 分别与 x，y 轴交于点 $A(3, 0)$，$B(0, 2)$ 两点.

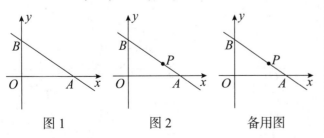

图 1　　　图 2　　　备用图

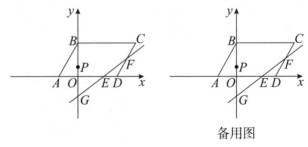

备用图

(1) 求点 C 的坐标及直线 EG 的函数解析式;

(2) 在点 P 运动的同时, 若直线 EG 沿 y 轴以每秒 1 个单位长度的速度向上平移, 当 $\odot P$ 与运动后的直线 EG 相切时, 求此时 $\odot P$ 的半径;

(3) 在点 P 运动的同时, 若线段 CD 沿 x 轴以每秒 1 个单位长度的速度向左平移, 以 CD 为边作等边 $\triangle CDQ$, 当 $\odot P$ 内存在点 Q 时, 直接写出 t 的取值范围.

中考清

1. (阜新中考) 如图, 平面直角坐标系中, 在直线 $y = x+1$ 和 x 轴之间由小到大依次画出若干个等腰直角三角形 (图中所示的阴影部分), 其中一条直角边在 x 轴上, 另一条直角边与 x 轴垂直, 则第 100 个等腰直角三角形的面积是 (　　)

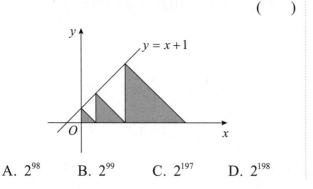

A. 2^{98} B. 2^{99} C. 2^{197} D. 2^{198}

2. (齐齐哈尔中考) 如图, 直线 $l: y = \dfrac{\sqrt{3}}{3}x+1$ 分别交 x 轴、y 轴于点 A 和点 A_1, 过点 A_1 作 $A_1B_1 \perp l$, 交 x 轴于点 B_1, 过点 B_1 作 $B_1A_2 \perp x$ 轴, 交直线 l 于点 A_2; 过点 A_2 作 $A_2B_2 \perp l$, 交 x 轴于点 B_2, 过点 B_2 作 $B_2A_3 \perp x$ 轴, 交直线 l 于点 A_3 …… 依此规律, 若图中阴影 $\triangle A_1OB_1$ 的面积为 S_1, 阴影 $\triangle A_2B_1B_2$ 的面积为 S_2, 阴影 $\triangle A_3B_2B_3$ 的面积为 S_3 …… 则 $S_n = $ _____.

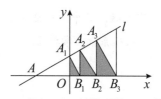

3. (东营中考) 如图, 在平面直角坐标系中, 直线 $l: y = \sqrt{3}x - \sqrt{3}$ 与 x 轴交于点 A_1, 以 OA_1 为边作正方形 $A_1B_1C_1O$, 点 C_1 在 y 轴上, 延长 C_1B_1 交直线 l 于点 A_2, 以 C_1A_2 为边作正方形 $A_2B_2C_2C_1$, 点 C_2 在 y 轴上, 以同样的方式依次作正方形 $A_3B_3C_3C_2$ …… 正方形 $A_{2\,023}B_{2\,023}C_{2\,023}C_{2\,022}$, 则点 $B_{2\,023}$ 的横坐标是 _____. 📹

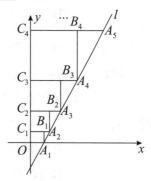

第三章 二次函数

考点 ① 二次函数的概念

● 二次函数的概念

一般地，形如 $y = ax^2 + bx + c$（a，b，c 是常数，$a \neq 0$）的函数，叫做二次函数. 其中 x 是自变量，a，b，c 分别是二次项系数、一次项系数、常数项.	(注意) 二次项系数 a 不能为 0，一次项系数与常数项可以为 0，所以二次函数的形式还包括 $y = ax^2 + bx$，$y = ax^2 + c$ 和 $y = ax^2$.

答案 P28

📘 基础清

1. 下列函数解析式中，一定为二次函数的是（ ）

   A. $y = 3x - 1$　　　　　B. $y = ax^2$

   C. $s = 5t^2 - 2t + 1$　　D. $y = -\dfrac{1}{x}$

2. ⊙易错 下列函数属于二次函数的是（ ）

   A. $y = x - \dfrac{1}{x}$　　　　B. $y = (x-3)^2 - x^2$

   C. $y = ax^2 + 2x + 1$　　D. $y = 2(x+1)^2 - 1$

3. ⊙易错 已知函数 $y = ax^2 + bx + c$，其中 a，b，c 可在 0，1，2，3，4 五个数中取值，则不同的二次函数共有（ ）

   A. 125 个　　　　　　B. 100 个

   C. 48 个　　　　　　D. 10 个

4. 用绳子围成周长为 10 米的扇形. 记扇形的半径为 x 米，弧长为 y 米，面积为 S 平方米. 当 x 在一定范围内变化时，y 和 S 都随着 x 的变化而变化，则 y 与 x，S 与 x 满足的函数关系分别是（ ）

   A. 反比例函数关系、一次函数关系

   B. 一次函数关系、反比例函数关系

   C. 反比例函数关系、二次函数关系

   D. 一次函数关系、二次函数关系

5. 水中涟漪（圆形水波）不断扩大，记它的半径为 r，则圆面积 S 与 r 的函数关系为_____（$r > 0$）（结果保留 π）.

6. 已知函数 $y = (m+2)x^{m^2+m-4} + 1$ 是关于 x 的二次函数，满足条件的 $m = $_____.

7. 定义：由 a，b 构造的二次函数 $y = ax^2 + (a+b)x + b$ 叫做一次函数 $y = ax + b$ 的"滋生函数"，一次函数 $y = ax + b$ 叫做二次函数 $y = ax^2 + (a+b)x + b$ 的"本源函数"（a，b 为常数，且 $a \neq 0$）. 若一次函数 $y = ax + b$ 的"滋生函数"是 $y = ax^2 - 3x + a + 1$，那么二次函数 $y = ax^2 - 3x + a + 1$ 的"本源函数"是_____.

8. 已知函数 $y = (m+3)x^{m^2+4m-3} + 5$ 是关于 x 的二次函数.

   (1) 求 m 的值；

   (2) 函数图象上的两点 $A(1, y_1)$，$B(5, y_2)$，若满足 $y_1 > y_2$，则此时 m 的值是多少？

能力清

1. 下列函数中是二次函数的是 （ ）

   A. $y = \dfrac{1}{x^2}$ 　　　　　 B. $y = 2x - 1$

   C. $y = \dfrac{1}{2}x^2 + 2x^3$ 　　 D. $y = 4x^2 + 5$

2. 已知函数 $y = (m-2)x^{m^2-2} + 2x - 7$ 是二次函数，则 m 的值为 （ ）

   A. ± 2 　　　　　　 B. 2

   C. -2 　　　　　　 D. m 为全体实数

3. 边长为 5 的正方形 $ABCD$，点 F 是 BC 上一动点，过对角线交点 E 作 $EG \perp EF$，交 CD 于点 G，设 BF 的长为 x，$\triangle EFG$ 的面积为 y，则 y 与 x 满足的函数关系是 （ ）

   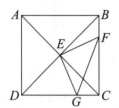

   A. 正比例函数 　　　 B. 一次函数

   C. 二次函数 　　　　 D. 以上都不是

4. 二次函数 $y = 2x^2 + 3x - 1$ 的二次项系数是 _____．

5. 若 $y = (m+1)x^{|m|+1} + 4x - 5$ 是关于 x 的二次函数，则一次函数 $y = mx + m$ 的图象不经过第 _____象限．

6. 如果函数 $y = (m-2)x^{|m|} + 3x - 1$ 是二次函数，那么 m 的值为_____．

7. 若 $y = (m+2)x^{m^2-2}$ 是二次函数，求 m 的值．

8. 已知函数 $y = (m+2)x^{m^2+m-4}$ 是关于 x 的二次函数．

   (1) 求满足条件的 m 的值．

   (2) 当 m 为何值时，抛物线有最高点？求出这个最高点的坐标，这时抛物线的增减性如何？

9. 已知函数 $y = (|m|-1)x^2 + (m-1)x - m - 1$．

   (1) 若这个函数是关于 x 的一次函数，求 m 的值；

   (2) 若这个函数是关于 x 的二次函数，求 m 的取值范围．

中考清

1. （兰州中考）下列函数解析式中，一定为二次函数的是 （ ）

   A. $y = 3x - 1$ 　　　　 B. $y = ax^2 + bx + c$

   C. $s = 2t^2 - 2t + 1$ 　　 D. $y = x^2 + \dfrac{1}{x}$

2. （杭州中考）某函数满足当自变量 $x = 1$ 时，函数值 $y = 0$；当自变量 $x = 0$ 时，函数值 $y = 1$．写出一个满足条件的函数表达式：_____．

考点 ② 二次函数的图象与性质

笔记清单

● 二次函数图象的特征

二次函数的图象是一条抛物线，抛物线的主要特征：①有开口方向；②有对称轴；③有顶点.

● 一般式对应的图象与性质

解析式	$y = ax^2 + bx + c$		$y = ax^2$		$y = ax^2 + c$	
对称轴	$x = -\dfrac{b}{2a}$		$x = 0$		$x = 0$	
顶点坐标	$\left(-\dfrac{b}{2a}, \dfrac{4ac-b^2}{4a}\right)$		$(0, 0)$		$(0, c)$	
图象	$a>0$	$a<0$	$a>0$	$a<0$	$a>0$	$a<0$
开口方向	开口向上	开口向下	开口向上	开口向下	开口向上	开口向下
最值	最小值	最大值	最小值	最大值	最小值	最大值
增减性	当 $x<-\dfrac{b}{2a}$ 时，y 随 x 的增大而减小；当 $x>-\dfrac{b}{2a}$ 时，y 随 x 的增大而增大	当 $x<-\dfrac{b}{2a}$ 时，y 随 x 的增大而增大；当 $x>-\dfrac{b}{2a}$ 时，y 随 x 的增大而减小	当 $x<0$ 时，y 随 x 的增大而减小；当 $x>0$ 时，y 随 x 的增大而增大	当 $x<0$ 时，y 随 x 的增大而增大；当 $x>0$ 时，y 随 x 的增大而减小	当 $x<0$ 时，y 随 x 的增大而减小；当 $x>0$ 时，y 随 x 的增大而增大	当 $x<0$ 时，y 随 x 的增大而增大；当 $x>0$ 时，y 随 x 的增大而减小

● 顶点式对应的图象与性质

解析式	$y = a(x-h)^2 + k$	
对称轴	$x = h$	
顶点	(h, k)	
图象		
开口方向	$a>0$，开口向上	$a<0$，开口向下
最值	最小值	最大值
增减性	当 $x<h$ 时，y 随 x 的增大而减小；当 $x>h$ 时，y 随 x 的增大而增大	当 $x<h$ 时，y 随 x 的增大而增大；当 $x>h$ 时，y 随 x 的增大而减小

● 交点式对应的图象与性质

解析式	$y = a(x - x_1)(x - x_2)$	
与 x 轴交点	$(x_1, 0)$, $(x_2, 0)$	
图象		
开口方向	$a > 0$，开口向上	$a < 0$，开口向下
最值	最小值	最大值

总结 二次函数 $y = ax^2 + bx + c$ 图象的特征与系数 a，b，c 的关系

系数	与图象的关系	图象特征	
a	决定开口方向	$a > 0$	开口向上
		$a < 0$	开口向下
b	与 a 共同决定对称轴的位置	a，b 同号	对称轴在 y 轴左侧
		a，b 异号	对称轴在 y 轴右侧
c	决定与 y 轴的交点	$c > 0$	交于 y 轴正半轴
		$c < 0$	交于 y 轴负半轴

习题清单

答案 P29

📝 基础清

1. 抛物线 $y = -(x - 9)^2 - 10$ 的顶点坐标是 （　　）

   A. $(9, 10)$ 　　　　B. $(9, -10)$

   C. $(-9, 10)$ 　　　D. $(-9, -10)$

2. 关于抛物线 $y = -2(x + 1)^2 - 3$，下列说法正确的是 （　　）

   A. 开口向上

   B. 与 y 轴的交点是 $(0, -3)$

   C. 顶点是 $(1, -3)$

   D. 对称轴是直线 $x = -1$

3. 已知一个二次函数图象经过 $P_1(1, y_1)$，$P_2(2, y_2)$，$P_3(3, y_3)$，$P_4(4, y_4)$ 四点，若 $y_3 < y_2 < y_4$，则 y_1, y_2, y_3, y_4 的最值情况是 （　　）

   A. y_3 最小，y_1 最大　　B. y_3 最小，y_4 最大

   C. y_1 最小，y_4 最大　　D. 无法确定

4. 已知抛物线 $y = ax^2 + bx + c$（a，b，c 均是不为 0 的常数）经过点 $(1, 0)$，有如下结论：

   ①若此抛物线过点 $(-3, 0)$，则 $b = 2a$；

   ②若 $b = c$，则方程 $cx^2 + bx + a = 0$ 一定有一根 $x = -2$；

   ③点 $A(x_1, y_1)$，$B(x_2, y_2)$ 在此抛物线上，若 $0 < a < c$，则当 $x_1 < x_2 < 1$ 时，$y_1 > y_2$.

   其中，正确结论的个数是 （　　）

   A. 0 　　　　　　　　B. 1

   C. 2 　　　　　　　　D. 3

5. 已知二次函数 $y = ax^2 - 4ax + 5$（其中 x 是自变量），当 $x \leqslant -2$ 时 y 随 x 的增大而增大，且 $-6 \leqslant x \leqslant 5$ 时，y 的最小值为 -7，则 a 的值为 （　　）

   A. 3 　　B. $-\dfrac{1}{5}$ 　　C. $-\dfrac{12}{5}$ 　　D. -1

6. 已知某个函数满足如下三个特征：①图象经过点 $(-1, 1)$；②图象经过第四象限；③当 $x > 0$ 时，y 随 x 的增大而增大．则这个函数可能是（　　）

A. $y = -x$　　　　　　B. $y = \dfrac{1}{x}$

C. $y = x^2$　　　　　　D. $y = -\dfrac{1}{x}$

7. 将抛物线 $y = x^2 - 4x - 1$ 化成顶点式为＿＿＿＿＿．

8. 已知二次函数 $y = ax^2 + bx + c(a \neq 0)$ 的图象如图所示，现有下列结论：① $a > 0$；② 3 是方程 $ax^2 + bx + c = 0$ 的一个根；③ $a + b + c > 0$；④当 $x < 1$ 时，y 随 x 的增大而减小；⑤ $b^2 - 4ac > 0$．其中正确的是＿＿＿＿＿（把所有正确结论的序号都写在横线上）．

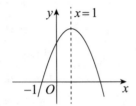

📘 能力清

1. 将二次函数 $y = x^2 - 2x - 2$ 化成 $y = a(x - h)^2 + k$ 的形式为（　　）

A. $y = (x - 2)^2 - 2$　　B. $y = (x - 1)^2 - 3$

C. $y = (x - 1)^2 - 2$　　D. $y = (x - 2)^2 - 3$

2. 若二次函数 $y = -x^2 + bx + c$ 的图象经过三个不同的点 $A(0, 4)$，$B(m, 4)$，$C(3, n)$，则下列选项正确的是（　　）

A. 若 $m = 4$，则 $n < 4$

B. 若 $m = 2$，则 $n < 4$

C. 若 $m = -2$，则 $n > 4$

D. 若 $m = -4$，则 $n > 4$

3. 已知点 $A(a, 2)$，$B(b, 6)$，$C(c, d)$ 都在抛物线 $y = (x - 1)^2 - 2$ 上，$d < 1$，下列选项正确的是（　　）

A. 若 $a < 0$，$b < 0$，则 $b < c < a$

B. 若 $a > 0$，$b < 0$，则 $b < a < c$

C. 若 $a < 0$，$b > 0$，则 $a < c < b$

D. 若 $a > 0$，$b > 0$，则 $c < b < a$

4. 若二次函数 $y = ax^2 - 2ax + a - 3$（a 是不为 0 的常数）的图象与 x 轴交于 A, B 两点．下列结论：① $a > 0$；②当 $x > -1$ 时，y 随 x 的增大而增大；③无论 a 取任何不为 0 的数，该函数的图象必经过定点 $(1, -3)$；④若线段 AB 上有且只有 5 个横坐标为整数的点，则 a 的取值范围是 $\dfrac{1}{3} < a < \dfrac{3}{4}$．其中正确的结论是（　　）

A. ①②③　　　　　　B. ②④

C. ①③　　　　　　　D. ①③④

5. 如图，抛物线 $y_1 = ax^2 + bx + c(a \neq 0)$ 的顶点坐标 $A(-1, 3)$，与 x 轴的一个交点 $B(-4, 0)$，直线 $y_2 = mx + n(m \neq 0)$ 与抛物线交于 A, B 两点，有下列结论：① $2a - b = 0$；②抛物线与 x 轴的另一个交点坐标是 $(2, 0)$；③ $7a + c > 0$；④方程 $ax^2 + bx + c - 2 = 0$ 有两个不相等的实数根；⑤当 $-4 < x < -1$ 时，$y_2 < y_1$．其中正确结论的个数为 🎥（　　）

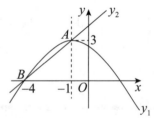

A. 2　　　　　　　　B. 3

C. 4　　　　　　　　D. 5

6. 如果抛物线 $y = (a + 2)x^2 + a$ 开口向下，那么 a 的取值范围是＿＿＿＿＿．

7. 把二次函数 $y = ax^2 + bx + c(a > 0)$ 的图象作关于 x 轴的对称变换，所得图象的解析式为 $y = -a(x - 1)^2 + 2a$，若 $(m - 1)a + b + c \leq 0$，则 m 的最大值是＿＿＿＿＿．

8. 在平面直角坐标系中，已知二次函数 $y = ax^2 + (a - 1)x - 1$．

(1) 若该函数的图象经过点 $(1, 2)$，求该二次函数图象的顶点坐标；

(2) 若 (x_1, y_1)，(x_2, y_2) 为此函数图象上两个不同点，当 $x_1 + x_2 = -2$ 时，恒有 $y_1 = y_2$，试求此函数的最值；

(3) 当 $a < 0$ 且 $a \neq -1$ 时，判断该二次函数图象的顶点所在象限，并说明理由.

$at(at + b)$ (t 为全体实数)；④若图象上存在点 $A(x_1, y_1)$ 和点 $B(x_2, y_2)$ ，当 $m < x_1 < x_2 < m + 3$ 时，满足 $y_1 = y_2$ ，则 m 的取值范围为 $-5 < m < -2$. 其中正确的个数有 ( )

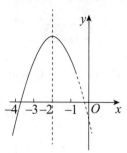

A. 1 个   B. 2 个

C. 3 个   D. 4 个

中考清

1. (郴州中考) 关于二次函数 $y = (x - 1)^2 + 5$ ，下列说法正确的是 ( )

A. 函数图象的开口向下

B. 函数图象的顶点坐标是 $(-1, 5)$

C. 该函数有最大值，最大值是 5

D. 当 $x > 1$ 时，y 随 x 的增大而增大

2. (北部湾区中考) 已知反比例函数 $y = \dfrac{b}{x}(b \neq 0)$ 的图象如图所示，则一次函数 $y = cx - a(c \neq 0)$ 和二次函数 $y = ax^2 + bx + c$ $(a \neq 0)$ 在同一平面直角坐标系中的图象可能是 ( )

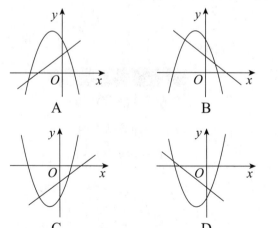

3. (遂宁中考) 抛物线 $y = ax^2 + bx + c(a \neq 0)$ 的图象如图所示，对称轴为直线 $x = -2$. 下列说法：① $abc < 0$ ；② $c - 3a > 0$ ；③ $4a^2 - 2ab \geq$

4. (广元中考) 将二次函数 $y = -x^2 + 2x + 3$ 的图象在 x 轴上方的部分沿 x 轴翻折后，所得新函数的图象如图所示. 当直线 $y = x + b$ 与新函数的图象恰有 3 个公共点时，b 的值为 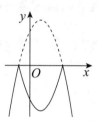 ( )

A. $-\dfrac{21}{4}$ 或 -3 B. $-\dfrac{13}{4}$ 或 -3

C. $\dfrac{21}{4}$ 或 -3 D. $\dfrac{13}{4}$ 或 -3

5. (徐州中考) 若二次函数 $y = x^2 - 2x - 3$ 的图象上有且只有 3 个点到 x 轴的距离等于 m ，则 m 的值为 _____ .

6. (遵义中考) 抛物线 $y = ax^2 + bx + c$ (a ，b ，c 为常数，$a > 0$) 经过 $(0, 0)$ ，$(4, 0)$ 两点，则下列 4 个结论正确的有 _____ (填写序号).

① $4a + b = 0$ ；

② $5a + 3b + 2c > 0$ ；

③若该抛物线 $y = ax^2 + bx + c$ 与直线 $y = -3$ 有交点，则 a 的取值范围是 $a \geq \dfrac{3}{4}$ ；

④对于 a 的每一个确定值，如果一元二次方程 $ax^2 + bx + c - t = 0$ (t 为常数，$t \leq 0$) 的根为整数，则 t 的值只有 3 个.

考点 3 二次函数解析式的确定

笔记清单

● 二次函数解析式的三种形式

形式	解析式	对称轴	顶点坐标	与 x 轴的交点坐标
一般式	$y = ax^2 + bx + c(a \neq 0)$	$x = -\dfrac{b}{2a}$	$\left(-\dfrac{b}{2a}, \dfrac{4ac - b^2}{4a}\right)$	
顶点式	$y = a(x - h)^2 + k(a \neq 0)$	$x = h$	(h, k)	
交点式	$y = a(x - x_1)(x - x_2)$	$x = \dfrac{x_1 + x_2}{2}$		$(x_1, 0)$，$(x_2, 0)$

总结

1. 任何二次函数都可以整理成一般式 $y = ax^2 + bx + c(a \neq 0)$ 的形式，但不是所有二次函数都有交点式.

2. 如果已知二次函数的图象上三点的坐标，可以用一般式求解二次函数的解析式.

3. 如果已知二次函数的顶点坐标和图象上任意一点的坐标，可以用顶点式求解二次函数的解析式.

4. 如果已知二次函数与 x 轴的交点坐标和图象上任意一点的坐标，可以用交点式求解二次函数的解析式.

● 二次函数图象的平移变换

$$y = ax^2 + bx + c + m$$

向上平移 m 个单位长度

$y = a(x + m)^2 + b(x + m) + c$ ← 向左平移 m 个单位长度 — $y = ax^2 + bx + c$ — 向右平移 m 个单位长度 → $y = a(x - m)^2 + b(x - m) + c$

向下平移 m 个单位长度

$$y = ax^2 + bx + c - m$$

技巧 左右平移是对 x 进行变化，满足"左加右减"；上下平移是对 y 进行变化，满足"上加下减".

● 二次函数图象的对称变换

对称变换	$y = ax^2 + bx + c(a \neq 0)$	$y = a(x - h)^2 + k(a \neq 0)$
关于 x 轴对称	$y = -ax^2 - bx - c$	$y = -a(x - h)^2 - k$
关于 y 轴对称	$y = ax^2 - bx + c$	$y = a(x + h)^2 + k$
关于原点对称	$y = -ax^2 + bx - c$	$y = -a(x + h)^2 - k$

习题清单

基础清

1. 已知二次函数 $y = 2x^2 + bx + 5$ 的图象过点 $(1, 2)$，则该二次函数的解析式为 （ ）

   A. $y = 2x^2 - 5x + 5$

   B. $y = 2x^2 + 5x + 5$

   C. $y = 2x^2 - x + 5$

   D. $y = 2x^2 + x + 5$

2. 已知二次函数 $y = \dfrac{1}{3}x^2 + bx + c$ 经过 $A(-1, 0)$，$B(5, 0)$ 两点，则该二次函数的解析式为 （ ）

   A. $y = \dfrac{1}{3}x^2 + \dfrac{4}{3}x - \dfrac{5}{3}$

   B. $y = \dfrac{1}{3}x^2 - \dfrac{4}{3}x - \dfrac{5}{3}$

   C. $y = \dfrac{1}{3}x^2 - \dfrac{4}{3}x + \dfrac{5}{3}$

   D. $y = \dfrac{1}{3}x^2 + \dfrac{4}{3}x + \dfrac{5}{3}$

3. ⊙易错 将抛物线 $y = -2x^2 + 4x + 5$ 化为顶点式，正确的是 （ ）

   A. $y = -2(x-1)^2 + 7$

   B. $y = -2(x-1)^2 + 3$

   C. $y = -(2x+1)^2 + 7$

   D. $y = -(2x+1)^2 + 3$

4. ⊙易错 已知抛物线经过点 $A(2, 0)$ 和 $B(-1, 0)$ 且与 y 轴交于点 C，若 $OC = 2$，则这条抛物线的解析式是 （ ）

   A. $y = x^2 - x - 2$

   B. $y = -x^2 - x - 2$ 或 $y = x^2 + x + 2$

   C. $y = -x^2 + x + 2$

   D. $y = -x^2 + x + 2$ 或 $y = x^2 - x - 2$

5. 若抛物线的解析式为 $y = 3(x-2)^2 + 1$，若将抛物线先向上平移2个单位长度，再向右平移3个单位长度，则平移后的抛物线函数解析式为 （ ）

   A. $y = 3(x+1)^2 + 3$ B. $y = 3(x-5)^2 + 3$

   C. $y = 3(x-5)^2 - 1$ D. $y = 3(x+1)^2 - 1$

6. 将抛物线 $y = x^2 - 4x - 4$ 向左平移3个单位长度，再向上平移5个单位长度，得到抛物线的函数解析式为 （ ）

   A. $y = (x+1)^2 - 13$ B. $y = (x-5)^2 - 3$

   C. $y = (x-5)^2 - 13$ D. $y = (x+1)^2 - 3$

7. 与抛物线 $y = -\dfrac{4}{5}x^2 - 1$ 顶点相同，形状也相同，而开口方向相反的抛物线所对应的函数解析式是_____．🔍

8. 将二次函数 $y = 2x^2 - 4x - 1$ 的图象沿着 y 轴翻折，所得到的图象对应的解析式为_____．

9. 已知二次函数的解析式为 $y = 2x^2 + 4x - 6$．

   (1) 将二次函数的解析式化为 $y = a(x-h)^2 + k$ 的形式；

   (2) 写出二次函数图象的开口方向、对称轴、顶点坐标．

10. 已知二次函数 $y = ax^2 + bx + c$ 的图象如图所示，求这个二次函数的解析式.

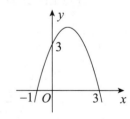

能力清

1. 若 $y = ax^2 + bx + c$，则由表格中信息可知 y 与 x 之间的函数关系式是   (　　)

x	–1	0	1
ax^2			1
$ax^2 + bx + c$	8	3	

 A. $y = x^2 - 4x + 3$

 B. $y = x^2 - x - 4$

 C. $y = x^2 - 3x + 3$

 D. $y = x^2 - 4x + 8$

2. 已知抛物线 $y = ax^2 + bx + c$ 的对称轴为直线 $x = -1$，且经过 $A(1, 0)$，$B(0, -3)$ 两点，则抛物线的解析式为   (　　)

 A. $y = x^2 - 2x - 3$

 B. $y = x^2 + 2x - 3$

 C. $y = x^2 + 2x + 3$

 D. $y = x^2 - 2x + 3$

3. 抛物线 $y = x^2 + bx + c$ 的图象向右平移 2 个单位长度，再向下平移 3 个单位长度，所得图象的函数解析式为 $y = x^2 - 2x + 3$，则 b，c 的值为   (　　)

 A. $b = 2, c = 3$

 B. $b = 2, c = 6$

 C. $b = -2, c = -1$

 D. $b = -3, c = 2$

4. 如图，若将抛物线 $y = (x+1)^2 - 7$ 沿 x 轴平移经过点 $P(-2, 2)$，则平移后抛物线的解析式为   (　　)

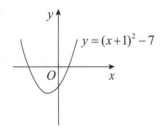

 A. $y = (x+5)^2 - 7$

 B. $y = (x+5)^2 - 7$ 或 $y = (x+1)^2 + 1$

 C. $y = (x+1)^2 + 1$

 D. $y = (x+5)^2 - 7$ 或 $y = (x-1)^2 - 7$

5. 〔易错〕抛物线的函数解析式为 $y = 3(x-2)^2 + 1$，若将 x 轴向上平移 2 个单位长度，将 y 轴向左平移 3 个单位长度，则该抛物线在新的平面直角坐标系中的函数解析式为   (　　)

 A. $y = 3(x+1)^2 + 3$

 B. $y = 3(x-5)^2 + 1$

 C. $y = 3(x-5)^2 - 1$

 D. $y = 3(x+1)^2 - 1$

6. 在同一平面直角坐标系中，若抛物线 $y = mx^2 + 2x - n$ 与 $y = -6x^2 - 2x + m - n$ 关于 x 轴对称，则 $m = $ _____，$n = $ _____.

7. 当 $-2 \leqslant x \leqslant 1$ 时，二次函数 $y = -(x-m)^2 + m^2 + 1$ 有最大值 4，则实数 m 的值为 _____.

8. 已知抛物线 p: $y = ax^2 + bx + c$ 的顶点为 C，与 x 轴相交于 A，B 两点（点 A 在点 B 左侧），点 C 关于 x 轴的对称点为 C'，我们称以 A 为顶点且过点 C'、对称轴与 y 轴平行的抛物线为抛物线 p 的"梦之星"抛物线，直线 AC' 为抛物线 p 的"梦之星"直线. 若一条抛物线的"梦之星"抛物线和"梦之星"直线分别是 $y = x^2 + 2x + 1$ 和 $y = 2x + 2$，则这条抛物线的解析式为 _____.

9. 如图，直线 $y = x + 2$ 与 x 轴交于点 A，与 y 轴交于点 B，$AB \perp BC$，且点 C 在 x 轴上，若抛物线 $y = ax^2 + bx + c$ 以 C 为顶点，且经过点 B，求这条抛物线的解析式.

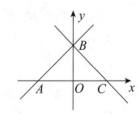

10. 已知抛物线 $y = (x-m)^2 - (x-m)$，其中 m 是常数.

    (1) 求证：不论 m 为何值，该抛物线与 x 轴一定有两个公共点.

    (2) 若该抛物线的对称轴为直线 $x = \dfrac{5}{2}$，

    ① 求该抛物线的函数解析式.
    ② 把该抛物线沿 y 轴向上平移多少个单位长度后，得到的抛物线与 x 轴只有一个公共点？

中考清

1. （泸州中考）抛物线 $y = -\dfrac{1}{2}x^2 + x + 1$ 经平移后，不可能得到的抛物线是 （ ）

    A. $y = -\dfrac{1}{2}x^2 + x$

    B. $y = -\dfrac{1}{2}x^2 - 4$

    C. $y = -\dfrac{1}{2}x^2 + 2\,021x - 2\,022$

    D. $y = -x^2 + x + 1$

2. （苏州中考）已知抛物线 $y = x^2 + kx - k^2$ 的对称轴在 y 轴右侧，现将该抛物线先向右平移 3 个单位长度，再向上平移 1 个单位长度后，得到的抛物线正好经过坐标原点，则 k 的值是 （ ）

    A. -5 或 2   B. -5
    C. 2   D. -2

3. （孝感中考）将抛物线 C_1：$y = x^2 - 2x + 3$ 向左平移 1 个单位长度，得到抛物线 C_2，抛物线 C_2 与抛物线 C_3 关于 x 轴对称，则抛物线 C_3 的解析式为 （ ）

    A. $y = -x^2 - 2$ B. $y = -x^2 + 2$
    C. $y = x^2 - 2$ D. $y = x^2 + 2$

4. （上海中考）一个二次函数 $y = ax^2 + bx + c$ 的顶点在 y 轴正半轴上，且其对称轴左侧的部分是上升的，那么这个二次函数解析式可以是 _____.

5. （内蒙古中考）已知二次函数 $y = -ax^2 + 2ax + 3$ $(a > 0)$，若点 $P(m, 3)$ 在该函数的图象上，且 $m \neq 0$，则 m 的值为 _____.

6. （郴州中考）已知抛物线 $y = x^2 - 6x + m$ 与 x 轴有且只有一个交点，则 $m = $ _____.

7. （宁波中考）如图，已知二次函数 $y = x^2 + bx + c$ 图象经过点 $A(1, -2)$ 和 $B(0, -5)$.

    (1) 求该二次函数的表达式及图象的顶点坐标；
    (2) 当 $y \leq -2$ 时，请根据图象直接写出 x 的取值范围.

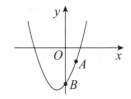

8. （杭州中考）设二次函数 $y_1 = 2x^2 + bx + c$（b，c 是常数）的图象与 x 轴交于 A，B 两点.

    (1) 若 A，B 两点的坐标分别为 $(1, 0)$，$(2, 0)$，求函数 y_1 的表达式及其图象的对称轴；
    (2) 若函数 y_1 的表达式可以写成 $y_1 = 2(x-h)^2 - 2$（h 是常数）的形式，求 $b + c$ 的最小值；
    (3) 设一次函数 $y_2 = x - m$（m 是常数），若函数 y_1 的表达式还可以写成 $y_1 = 2(x-m)(x-m-2)$ 的形式，当函数 $y = y_1 - y_2$ 的图象经过点 $(x_0, 0)$ 时，求 $x_0 - m$ 的值.

考点 4 二次函数与方程、不等式

笔记清单

● 二次函数与一元二次方程的关系

1. 二次函数图象与 x 轴的交点情况决定一元二次方程根的情况：求二次函数图象与 x 轴的交点就是令二次函数解析式 $y=0$，然后求 $ax^2+bx+c=0$ 中 x 的值，此时二次函数就转化为一元二次方程，因此一元二次方程的根的个数就是二次函数与 x 轴的交点个数.

$\Delta=b^2-4ac$	二次函数 $y=ax^2+bx+c$	一元二次方程 $ax^2+bx+c=0$
$\Delta>0$	图象与 x 轴有两个交点	有两个不相等的实数根
$\Delta=0$	图象与 x 轴有一个交点	有两个相等的实数根
$\Delta<0$	图象与 x 轴没有交点	没有实数根

2. 抛物线与直线的交点问题：抛物线 $y=ax^2+bx+c(a\neq0)$ 与一次函数 $y=kx+b'(k\neq0)$ 的交点个数由方程组 $\begin{cases} y=kx+b', \\ y=ax^2+bx+c \end{cases}$ 的解的个数决定.

> 方程组有两个不同的解 ⟹ 两个函数图象有两个交点；
> 方程组有两个相同的解 ⟹ 两个函数图象有一个交点；
> 方程组无解 ⟹ 两个函数图象无交点

> **总结**
>
> 探究直线与抛物线的交点情况问题就是求方程(组)的解的情况.

● 抛物线与 x 轴的两交点与系数的关系：韦达定理

$$x_1+x_2=-\frac{b}{a}, \quad x_1 \cdot x_2=\frac{c}{a}.$$

● 抛物线与不等式

抛物线 $y=ax^2+bx+c$ 在 x 轴上方的部分纵坐标大于 $0(y>0)$，在 x 轴下方的部分纵坐标小于 $0(y<0)$.

> **总结**
>
> 二次函数与一次函数比较大小，核心是联立解析式求出交点，再比较大小.

习题清单

答案 P35

📝 基础清

1. 下表是二次函数 $y=ax^2+bx+c(a\neq0$，a，b，c 为常数)的自变量 x 与函数值 y 的部分对应值. 判断方程 $ax^2+bx+c=0$ 的一个根的取值范围是 　　　( )

x	6.17	6.18	6.19	6.20
y	-0.11	-0.04	0.01	0.04

A. $6<x<6.17$ 　　　　　B. $6.17<x<6.18$

C. $6.18<x<6.19$ 　　　　D. $6.19<x<6.20$

2. 二次函数 $y = ax^2 + bx + c(a \neq 0)$ 的图象如图所示，则函数值 $y > 0$ 时，x 的取值范围是（　　）

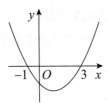

A. $x < -1$ 　　　　B. $x > 3$

C. $-1 < x < 3$ 　　D. $x < -1$ 或 $x > 3$

3. 小李同学在求一元二次方程 $x^2 - 3x - 1 = 0$ 的近似根时，利用绘图软件绘制了如图所示的二次函数 $y = x^2 - 3x - 1$ 的图象，利用图象得到方程 $x^2 - 3x - 1 = 0$ 的近似根为 $x_1 \approx -0.3$，$x_2 \approx 3.3$，小李同学的这种方法主要运用的数学思想是（　　）

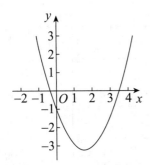

A. 类比思想　　　　B. 数形结合思想

C. 整体思想　　　　D. 分类讨论思想

4. 如图，已知抛物线 $y = ax^2 + bx + c$ 与直线 $y = kx + m$ 交于 $A(-4, -1)$，$B(0, 2)$ 两点，则关于 x 的不等式 $ax^2 + bx + c > kx + m$ 的解集是 _____．

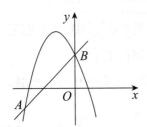

5. 如图，抛物线 $y = ax^2 + c$ 与直线 $y = mx + n$ 交于 $A(-1, p)$，$B(3, q)$ 两点，则不等式 $ax^2 + c < mx + n$ 的解集是 _____．

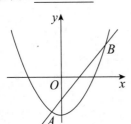

6. 二次函数 $y = x^2 + 3x + a$ 与 x 轴的一个交点的坐标为 $(-1, 0)$，则另一个交点的坐标为 _____．

7. 已知抛物线 $y_1 = x^2 + 2x - 3$ 的顶点为 A，与 x 轴交于点 B，$C(B$ 在 C 的左边$)$，直线 $y_2 = kx + b$ 过 A，B 两点．当 $y_1 < y_2$ 时，自变量 x 的取值范围是 _____．

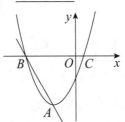

8. 已知函数 $y = mx^2 + (m - 1)x - 1$（m 为常数）．

(1) 当 $m = 1$ 时，设函数图象与 x 轴交于 A，B 两点（A 在 B 左侧），与 y 轴交于点 C，请判断 $\triangle ABC$ 的形状并说明理由；

(2) ⊙易错 证明：无论 m 取何值，函数图象与 x 轴一定有交点．

9. 在平面直角坐标系 xOy 中，已知抛物线 $y = ax^2 - 2ax - 1$．

(1) 抛物线的对称轴为 _____，抛物线与 y 轴的交点坐标为 _____；

(2) 试说明直线 $y = x - 2$ 与抛物线 $y = ax^2 - 2ax - 1$ 一定存在两个交点．

能力清

1. 已知关于 x 的方程 $x^2 + bx - c = 0$ 的两个根分别是 $x_1 = -\dfrac{2}{3}$, $x_2 = \dfrac{8}{3}$, 若点 A 是二次函数 $y = x^2 + bx + c$ 的图象与 y 轴的交点, 过点 A 作 $AB \perp y$ 轴交抛物线于另一点 B, 则 AB 的长为　　　　（　　）

   A. 2　　　　B. $\dfrac{7}{3}$　　　　C. $\dfrac{8}{3}$　　　　D. 3

2. 定义: 对于二次函数 $y = ax^2 + (b+1)x + b - 2$ $(a \neq 0)$, 若存在自变量 x_0, 使得函数值等于 x_0 成立, 则称 x_0 为该函数的不动点. 对于任意实数 b, 该函数恒有两个相异的不动点, 则实数 a 的取值范围为　　（　　）

   A. $0 < a < 2$　　　　　　B. $0 < a \leqslant 2$

   C. $-2 < a < 0$　　　　　D. $-2 \leqslant a < 0$

3. 若二次函数 $y = x^2 + 2x + c$ 的图象与 x 轴无交点, 则 c 的取值范围是＿＿＿＿＿＿.

4. 已知二次函数 $y = -x^2 + 5x + k$ 的图象与一次函数 $y = 2x + 1$ 的图象有交点, 则 k 的取值范围是＿＿＿＿＿＿.

5. 已知 $x^2 - 2x - 8 = 0$.

   (1) 解一元二次方程;

   (2) 直接写出二次函数 $y = x^2 - 2x - 8$ 的图象与 x 轴交点的坐标.

6. 已知二次函数 $y = -x^2 + bx + c$ 的图象如图所示, 解决下列问题:

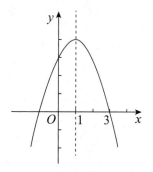

(1) 关于 x 的一元二次方程 $-x^2 + bx + c = 0$ 的解为＿＿＿＿＿＿;

(2) 求此抛物线的解析式;

(3) 若直线 $y = k$ 与抛物线没有交点, 直接写出 k 的取值范围.

7. 已知二次函数的解析式为 $y = 2x^2 - 4x - 6$.

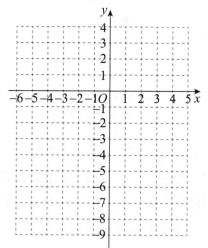

(1) 抛物线的对称轴方程为＿＿＿＿＿＿, 顶点坐标为＿＿＿＿＿＿.

(2) 在上边的坐标系中, 画出该抛物线.

(3) 根据图象回答:

①若方程 $2x^2 - 4x - 6 = m$ 无解, 求 m 的取值范围;

②当 $-1 < x < 2$ 时, 求函数 y 的取值范围.

中考清

1. （黄石中考）已知二次函数 $y = ax^2 + bx + c$ 的部分图象如图所示，对称轴为直线 $x = -1$，有以下结论：① $abc < 0$；②若 t 为任意实数，则有 $a - bt \leqslant at^2 + b$；③当图象经过点 $(1, 3)$ 时，方程 $ax^2 + bx + c - 3 = 0$ 的两根为 x_1，$x_2(x_1 < x_2)$，则 $x_1 + 3x_2 = 0$，其中，正确结论的个数是 （ ）

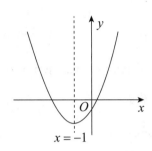

A. 0   B. 1

C. 2   D. 3

2. （荆门中考）若函数 $y = ax^2 - x + 1$（a 为常数）的图象与 x 轴只有一个交点，那么 a 满足（ ）

A. $a = \dfrac{1}{4}$

B. $a \leqslant \dfrac{1}{4}$

C. $a = 0$ 或 $a = -\dfrac{1}{4}$

D. $a = 0$ 或 $a = \dfrac{1}{4}$

3. （雅安中考）抛物线的函数表达式为 $y = (x-2)^2 - 9$，则下列结论中，正确的序号为 （ ）

①当 $x = 2$ 时，y 取得最小值 -9；

②若点 $(3, y_1)$，$(4, y_2)$ 在其图象上，则 $y_2 > y_1$；

③将其函数图象向左平移 3 个单位长度，再向上平移 4 个单位长度所得抛物线的函数表达式为 $y = (x-5)^2 - 5$；

④函数图象与 x 轴有两个交点，且两交点的距离为 6.

A. ②③④   B. ①②④

C. ①③   D. ①②③④

4. （巴中中考）已知二次函数 $y = ax^2 + bx + c$ 的自变量 x 与函数 y 的部分对应值见表格，则下列结论：① $c = 2$；② $b^2 - 4ac > 0$；③方程

$ax^2 + bx = 0$ 的两根为 $x_1 = -2$，$x_2 = 0$；④ $7a + c < 0$．其中正确的有 （ ）

x	$\cdots$	-3	-2	-1	1	2	$\cdots$
y	$\cdots$	1.875	3	m	1.875	0	$\cdots$

A. ①④   B. ②③

C. ③④   D. ②④

5. （襄阳中考）二次函数 $y = ax^2 + bx + c$ 的图象如图所示，下列结论：① $ac < 0$；② $3a + c = 0$；③ $4ac - b^2 < 0$；④当 $x > -1$ 时，y 随 x 的增大而减小．其中正确的有 （ ）

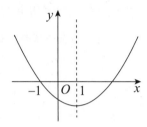

A. 4 个   B. 3 个

C. 2 个   D. 1 个

6. （娄底中考）函数的零点是指使函数值等于 0 的自变量的值，则下列函数中存在零点的是 （ ）

A. $y = x^2 + x + 2$ B. $y = \sqrt{x} + 1$

C. $y = x + \dfrac{1}{x}$ D. $y = |x| - 1$

7. （青岛中考）已知二次函数 $y = x^2 + mx + m^2 - 3$（m 为常数，$m > 0$）的图象经过点 $P(2, 4)$．

(1) 求 m 的值；

(2) 判断二次函数 $y = x^2 + mx + m^2 - 3$ 的图象与 x 轴交点的个数，并说明理由.

考点 5 二次函数的最值问题

笔记清单

● 二次函数最值问题的类型

1. 定轴定区间问题：对称轴、区间(x 的取值范围)都固定.

2. 动轴定区间问题：对称轴不固定(含参数情况)、区间固定.

3. 定轴动区间问题：对称轴固定、区间不固定.

4. 动轴动区间问题：对称轴、区间都不固定.

● 二次函数最值的几种情况

对于二次函数 $y = ax^2 + bx + c(a \neq 0)$ 在 $m \leqslant x \leqslant n$ 上的最值问题($y_{\min}$ 表示 y 的最小值，$y_{\max}$ 表示 y 的最大值)：

①若自变量 x 的取值范围为全体实数，函数在顶点处，即 $x = -\dfrac{b}{2a}$ 处取到最值.

 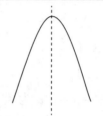

在 $x = -\dfrac{b}{2a}$ 处取到最小值   在 $x = -\dfrac{b}{2a}$ 处取到最大值

② $m \leqslant x \leqslant n \leqslant -\dfrac{b}{2a}$ (对称轴在区间的右侧)：	③ $-\dfrac{b}{2a} \leqslant m \leqslant x \leqslant n$ (对称轴在区间的左侧)：
若图象开口向上，即 $a > 0$，当 $x = m$ 时，$y = y_{\max}$；当 $x = n$ 时，$y = y_{\min}$.	若图象开口向上，即 $a > 0$，当 $x = m$ 时，$y = y_{\min}$；当 $x = n$ 时，$y = y_{\max}$.
若图象开口向下，即 $a < 0$，当 $x = m$ 时，$y = y_{\min}$；当 $x = n$ 时，$y = y_{\max}$.	若图象开口向下，即 $a < 0$，当 $x = m$ 时，$y = y_{\max}$；当 $x = n$ 时，$y = y_{\min}$.

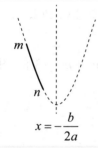 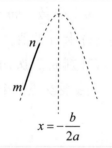 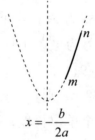 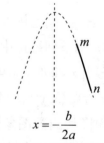

④ $m < -\dfrac{b}{2a} < n$ 且 $m + n > -\dfrac{b}{a}$ ：	⑤ $m < -\dfrac{b}{2a} < n$ 且 $m + n < -\dfrac{b}{a}$ ：
若图象开口向上，即 $a > 0$，当 $x = -\dfrac{b}{2a}$ 时，$y = y_{\min}$；当 $x = n$ 时，$y = y_{\max}$.	若图象开口向上，即 $a > 0$，当 $x = -\dfrac{b}{2a}$ 时，$y = y_{\min}$；当 $x = m$ 时，$y = y_{\max}$.
若图象开口向下，即 $a < 0$，当 $x = -\dfrac{b}{2a}$ 时，$y = y_{\max}$；当 $x = n$ 时，$y = y_{\min}$.	若图象开口向下，即 $a < 0$，当 $x = -\dfrac{b}{2a}$ 时，$y = y_{\max}$；当 $x = m$ 时，$y = y_{\min}$.

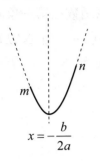
$x = -\dfrac{b}{2a}$

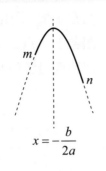
$x = -\dfrac{b}{2a}$

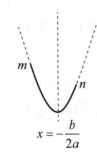
$x = -\dfrac{b}{2a}$

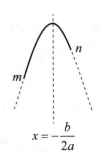
$x = -\dfrac{b}{2a}$

总结 解决二次函数最值问题的思路

抓住"三点一轴"数形结合,"三点"指的是区间的两个端点以及抛物线的顶点,"一轴"指的是对称轴. 如果区间包含对称轴, 那么其中一个最值在顶点处取到, 另一个最值看哪个区间端点离对称轴较远, 其纵坐标的值即为另一个最值; 如果区间不包含对称轴, 区间在对称轴的左侧或右侧, 最值在区间端点处取到.

习题清单

答案 P37

📄 基础清

1. 关于二次函数 $y = -3(x-1)^2 + 5$, 下列说法正确的是 （ ）

   A. 它的开口方向向上

   B. 当 $x < 1$ 时, y 随 x 的增大而增大

   C. 它的顶点坐标是 $(-1, 5)$

   D. 当 $x = -1$ 时, y 有最大值 5

2. 点 $A(x_1, y_1)$, $B(x_2, y_2)$ 在抛物线 $y = ax^2 - 2ax - 3(a \neq 0)$ 上, 存在正数 m , 使得 $-2 < x_1 < 0$ 且 $m < x_2 < m+1$ 时, 都有 $y_1 \neq y_2$, 则 m 的取值范围是 （ ）

   A. $1 < m \leqslant 4$ B. $2 < m \leqslant 4$

   C. $0 < m \leqslant 1$ 或 $m \geqslant 4$ D. $1 < m \leqslant 2$ 或 $m \geqslant 4$

3. 已知抛物线 $y = x^2 - 2ax + a^2 - 4$ 与 x 轴交于 A , B 两点, 下列说法正确的是 （ ）

   A. 若 $(a-1, y_1)$, $(a+2, y_2)$ 在抛物线上, 则 $y_1 > y_2$

   B. $AB = a^2 - 4$

   C. 函数有最小值 $a - 4$

   D. 若抛物线过四个象限, 则 $-2 < a < 2$

4. 二次函数 $y = x^2 - 2x + 4$ 在 $2 \leqslant x \leqslant 5$ 范围内的最小值为 _____.

5. 抛物线 $y = -\dfrac{1}{2}x^2 - 2$, 当 $x =$ _____ 时, 函数取得最 _____ 值.

6. 定义: 我们不妨把纵坐标是横坐标 2 倍的点称为"青竹点". 例如:点 $(1, 2)$, $(-2.5, -5)$, $\cdots$ 都是"青竹点". 显然, 函数 $y = x^2$ 的图象上有两个"青竹点" $(0, 0)$ 和 $(2, 4)$.

   (1) 下列函数中, 函数图象上存在"青竹点"的, 请在括号内打"√", 不存在"青竹点"的, 请打"×".

   ① $y = 2x - 1$;   （ ）

   ② $y = -x^2 + 1$;   （ ）

   ③ $y = x^2 + 2$.   （ ）

   (2) 若抛物线 $y = -\dfrac{1}{2}x^2 - m + 1$ （m 为常数）上存在两个不同的"青竹点", 求 m 的取值范围;

   (3) 若函数 $y = \dfrac{1}{4}x^2 + (b - c + 2)x + a + c - 3$ 的图象上存在唯一的一个"青竹点", 且当 $-1 \leqslant b \leqslant 2$ 时, a 的最小值为 c , 求 c 的值.

7. 抛物线 $y = \dfrac{1}{2}x^2 - mx + \dfrac{1}{2}m^2 - 2(m > 0)$ 与 x 轴交于 A，B 两点（点 A 在点 B 的左侧），若点 A 的坐标为 $(1, 0)$.

(1) 求抛物线的解析式；

(2) 当 $n \leq x \leq 2$ 时，y 的取值范围是 $-\dfrac{3}{2} \leq y \leq 5 - n$，求 n 的值.

8. 函数 $y = ax^2 + bx (a > 0)$ 的图象上存在两点 $A(1, m)$，$B(4, n)$.

(1) 若 $m < n$，下列说法正确的是_____.

① $b < 0$；② $a + b < 0$；③ $5a + b > 0$.

(2) 若 $mn < 0$，对于所有满足条件的实数 a 和 b，当 $k - 3 < x < k + 1$ 时，函数不存在最值，求出 k 的取值范围.

📖 能力清

1. 若 $a \geq 0$，$b \geq 0$，且 $2a + b = 2$，$2a^2 - 4b$ 的最小值为 m，最大值为 n，则 $m + n =$ （　　）

A. -14 　　　　　 B. -6

C. -8 　　　　　　 D. 2

2. 如图，点 $A(1, 16)$，$B(2, 12)$，$C(3, 8)$，$D(4, 4)$ 均在函数 l 图象上，P 为该函数在第一象限内图象上一点，$PE \perp x$ 轴于点 E，当 $\triangle OEP$ 的面积取最大值时，OE 的长为 （　　）

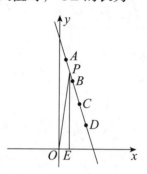

A. 1.5 　　 B. 2.5 　　 C. 3.5 　　 D. 4.5

3. 在平面直角坐标系中，若点 P 的横坐标和纵坐标相等，则称点 P 为雅系点. 已知二次函数 $y = ax^2 - 4x + c (a \neq 0)$ 的图象上有且只有一个雅系点 $\left(-\dfrac{5}{2}, -\dfrac{5}{2}\right)$，且当 $m \leq x \leq 0$ 时，函数 $y = ax^2 - 4x + c + \dfrac{1}{4} (a \neq 0)$ 的最小值为 -6，最大值为 -2，则 m 的取值范围是 （　　）

A. $-1 \leq m \leq 0$ 　　　　 B. $-\dfrac{7}{2} \leq m \leq -2$

C. $-4 \leq m \leq -2$ 　　　 D. $-\dfrac{7}{2} \leq m \leq -\dfrac{9}{4}$

4. ⚠️易错 二次函数 $y = ax^2 + bx + c (a \neq 0)$ 与 x 轴的两个交点的横坐标 x_1，x_2 满足 $|x_1| + |x_2| = 2$. 当 $x = -\dfrac{1}{2}$ 时，该函数有最大值 4，则 a 的值为 （　　）

A. -4 　　 B. -2 　　 C. 1 　　 D. 2

5. 如图，在平面直角坐标系中，已知 $A(2, 0)$，$B(4, 0)$，P 为 y 轴正半轴上一个动点，将线段 PA 绕点 P 逆时针旋转 $90°$，点 A 的对应点为 Q，则线段 BQ 的最小值是_____.

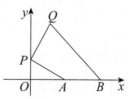

6. 若二次函数 $y = ax^2 + 2$ 的图象经过 $P(1, 3)$，$Q(m, n)$ 两点，则代数式 $n^2 - 4m^2 - 4n + 9$ 的最小值为_____.

7. 已知抛物线 $y_1 = -x^2 + 4x$ 和直线 $y_2 = kx$ ，我们定义新函数 M ，若 $y_1 > y_2$ ，则 $M = y_1$ ；若 $y_1 = y_2$ ，则 $M = y_1 = y_2$ ；若 $y_1 < y_2$ ，则 $M = y_2$. 下列结论：①无论 k 为何值，抛物线 $y_1 = -x^2 + 4x$ 与直线 $y_2 = kx$ 总有交点；②若 $k = 1$ ，则当 $x \geqslant 1$ 时， M 有最小值 3；③若当 $x \geqslant 0$ 时， M 的值随 x 的值增大而增大，则 $k \geqslant 2$ ；④当 $k < 0$ 时，方程 $M = 4$ 有三个不等实根. 其中正确的结论是_____（填序号）.

8. 已知抛物线 $y = x^2 - 2tx + 4t + 1$ （ t 为常数）.
   (1) 当抛物线过点 $(1, 0)$ 时，求该抛物线的解析式；
   (2) 当 $x \leqslant 2t$ 时，抛物线 $y = x^2 - 2tx + 4t + 1$ （ t 为常数）的最低点与直线 $y = t$ 的距离为 $\frac{13}{4}$ ，求 t 的值.

中考清

1. （大连中考）已知抛物线 $y = x^2 - 2x - 1$ ，则当 $0 \leqslant x \leqslant 3$ 时，函数的最大值为 （ ）
   A. -2 B. -1 C. 0 D. 2

2. （呼和浩特中考）关于 x 的二次函数 $y = mx^2 - 6mx - 5(m \neq 0)$ 的结论：
   ①对于任意实数 a ，都有 $x_1 = 3 + a$ 对应的函数值与 $x_2 = 3 - a$ 对应的函数值相等；
   ②若图象过点 $A(x_1, y_1)$ ，点 $B(x_2, y_2)$ ，点 $C(2, -13)$ ，则当 $x_1 > x_2 > \frac{9}{2}$ 时， $\frac{y_1 - y_2}{x_1 - x_2} < 0$ ；
   ③若 $3 \leqslant x \leqslant 6$ ，对应的 y 的整数值有 4 个，

则 $-\frac{4}{9} < m \leqslant -\frac{1}{3}$ 或 $\frac{1}{3} \leqslant m < \frac{4}{9}$ ；
④当 $m > 0$ 且 $n \leqslant x \leqslant 3$ 时， $-14 \leqslant y \leqslant n^2 + 1$ ，则 $n = 1$.
其中正确的结论有 （ ）
A. 1 个 B. 2 个 C. 3 个 D. 4 个

3. （枣庄中考）二次函数 $y = ax^2 + bx + c(a \neq 0)$ 的图象如图所示，对称轴是直线 $x = 1$ ，下列结论：① $abc < 0$ ；②方程 $ax^2 + bx + c = 0(a \neq 0)$ 必有一个根大于 2 且小于 3；③若 $(0, y_1)$ ， $\left(\frac{3}{2}, y_2\right)$ 是抛物线上的两点，那么 $y_1 < y_2$ ；④ $11a + 2c > 0$ ；⑤对于任意实数 m ，都有 $m(am + b) \geqslant a + b$ ，其中正确结论的个数是 （ ）

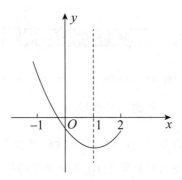

A. 5 B. 4 C. 3 D. 2

4. （贵港中考）我们规定：若 $\vec{a} = (x_1, y_1)$ ， $\vec{b} = (x_2, y_2)$ ，则 $\vec{a} \cdot \vec{b} = x_1 x_2 + y_1 y_2$. 例如 $\vec{a} = (1, 3)$ ， $\vec{b} = (2, 4)$ ，则 $\vec{a} \cdot \vec{b} = 1 \times 2 + 3 \times 4 = 2 + 12 = 14$. 已知 $\vec{a} = (x + 1, x - 1)$ ， $\vec{b} = (x - 3, 4)$ ，且 $-2 \leqslant x \leqslant 3$ ，则 $\vec{a} \cdot \vec{b}$ 的最大值是_____.

5. （广州中考）对某条线段的长度进行了 3 次测量，得到 3 个结果（单位：mm）：9.9，10.1，10.0. 若用 a 作为这条线段长度的近似值，当 $a = $ _____ mm 时， $(a - 9.9)^2 + (a - 10.1)^2 + (a - 10.0)^2$ 最小. 对另一条线段的长度进行了 n 次测量，得到 n 个结果（单位：mm）： x_1 ， x_2 ，…， x_n ，若用 x 作为这条线段长度的近似值，当 $x = $ _____ mm 时， $(x - x_1)^2 + (x - x_2)^2 + \cdots + (x - x_n)^2$ 最小.

6. （贵港中考）如图，已知抛物线 $y = -x^2 + bx + c$ 经过 $A(0, 3)$ 和 $B\left(\dfrac{7}{2}, -\dfrac{9}{4}\right)$ 两点，直线 AB 与 x 轴相交于点 C，P 是直线 AB 上方的抛物线上的一个动点，$PD \perp x$ 轴交 AB 于点 D.

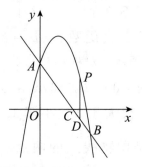

(1) 求该抛物线的表达式；

(2) 若 $PE /\!/ x$ 轴交 AB 于点 E，求 $PD + PE$ 的最大值；

(3) 若以 A，P，D 为顶点的三角形与 $\triangle AOC$ 相似，请直接写出所有满足条件的点 P、点 D 的坐标.

考点 6 二次函数的实际应用

笔记清单

● 解实际应用题的步骤

列二次函数解应用题与列整式方程解应用题的思路和方法是一致的，不同的是，学习了二次函数后，表示量与量之间关系的代数式是含有两个变量的等式.

对于解应用题，要注意以下步骤：

(1) 审：审题，弄清题目中涉及哪些量，已知量有几个，已知量与变量之间的基本关系是什么，找出等量关系（即函数关系）；

(2) 设：设出两个变量，注意分清自变量和因变量，同时还要注意所设变量的单位要准确；

(3) 列：列出函数解析式，抓住题中含有等量关系的语句，将此语句抽象为含变量的等式，这就是二次函数；

(4) 解：按题目要求，结合二次函数的性质解答相应的问题；

(5) 验：检验所得解是否符合实际，即是否为所提问题的答案；

(6) 答：写出答案.

● 几何面积最值问题

这类题目一般利用图形面积计算公式或者利用割补法建立关于面积的二次函数，结合题目中的墙长、栅栏长等确定自变量的取值范围，再求出面积的最值. 解决栅栏、篱笆等问题时，一定要注意是否有哪一条边不需要栅栏或篱笆.

● 经济最值问题

利用二次函数解决最大利润问题，首先根据利润问题中常用的两个等量关系建立二次函数模型，然后再求二次函数的最大值.

> 求最大值的常用方法：先配方，求出当自变量 x 为何值时，函数有最大值，然后观察自变量 x 的取值范围，若 x 在此范围内，则该最大值符合题意；若 x 不在此范围内，应根据自变量的取值范围及函数图象的增减性求出函数的最大值.

● 建立坐标系解决实际问题

在解决球类运动轨迹和大桥拱门等实际问题时，需要我们自己选择原点建立平面直角坐标系. 但由于选择的原点不同，可能导致点的坐标表示不一样，解题的难度也不一样，所以要尽可能选择"特殊点"作为原点.

习题清单

答案 P41

📘 基础清

1. 某农户要改造部分农田种植蔬菜，经调查，平均每亩改造费用是 900 元，添加辅助设备费用（元）与改造面积（亩）的平方成正比，比例系数为 18，每亩种植蔬菜还需种子、人工费用 600 元. 若每亩蔬菜年销售额为 7 000 元，设改造农田 x 亩，改造当年收益为 y 元，则 y 与 x 之间的数量关系可列式为 （　　）

   A. $y = 7\,000x - (900x + 18x + 600x)$

   B. $y = 7\,000x - (900x + 18x^2 + 600x)$

   C. $y = 7\,000 - (900x + 18x^2 + 600x)$

   D. $y = 7\,000x - (900x + 18x^2 + 600)$

2. 如图，有一个截面边缘为抛物线形的水泥门洞，门洞内的地面宽度为 8 m，两侧距地面 4 m 高处各有一盏灯，两灯间的水平距离为 6 m，则这个门洞内部顶端离地面的距离为 📹 （　　）

   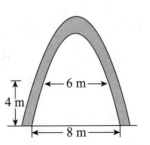

   A. 7.5 m　　B. 8 m　　C. $\dfrac{64}{9}$ m　　D. $\dfrac{64}{7}$ m

3. ⊙易错 根据防疫的相关要求，学生入校需晨检，体温超标的同学须进入临时隔离区进行留观. 某校要建一个长方形临时隔离区，隔离区的一面利用学校边墙（墙长 5 米），其他三面用防疫隔离材料搭建，但要开一扇 1 米宽的进出口（不需材料），共用防疫隔离材料 10 米搭建的隔离区的面积最大为 （　　）

   A. $\dfrac{25}{2}$ 平方米　　　B. 25 平方米

   C. $\dfrac{121}{8}$ 平方米　　D. 15 平方米

4. 如图，若被击打的小球飞行高度 h（单位：m）与飞行时间 t（单位：s）之间具有的关系为 $h = 9t - 3t^2$，则小球从飞出到落地所用的时间为 _____ s.

   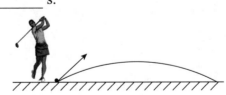

5. 广场上喷水池中的喷头微露水面，喷出的水线呈一条抛物线，水线上水珠的高度 y（米）关于水珠和喷头的水平距离 x（米）的函数解析式是 $y = -\dfrac{3}{2}x^2 + 6x\,(0 \leqslant x \leqslant 4)$，那么水珠达到的最大高度为 _____ 米.

6. 如图 1，在 △ABC 中，AB=AC，∠BAC = 90°，边 AB 上的点 D 从顶点 A 出发，向顶点 B 运动，同时，边 BC 上的点 E 从顶点 B 出发，向顶点 C 运动，D，E 两点运动速度的大小相等，设 x=AD，y=AE+CD，y 关于 x 的函数图象如图 2，图象过点 (0, 2)，则图象最低点的横坐标是_____．

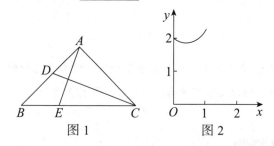

图 1   图 2

7. 提高过江大桥的车辆通行能力可改善整个城市的交通状况．在一般情况下，大桥上的车流速度 v(单位：千米 / 时) 是车流密度 x(单位：辆 / 千米) 的函数．当桥上的车流密度达到 200 辆 / 千米时，会造成堵塞，此时车流速度为 0；当车流密度不超过 20 辆 / 千米时，车流速度为 60 千米 / 时．研究表明：当 20 ≤ x ≤ 200 时，车流速度 v 是车流密度 x 的一次函数．

(1) 当 0 ≤ x ≤ 200 时，求车流速度 v 关于 x 的解析式；

(2) 当车流密度 x 为多大时，车流量 (单位时间内通过桥上某观测点的车辆数，单位：辆 / 时，w = x·v) 可以达到最大，并求出最大值 (精确到 1 辆 / 时)．

8. 芯片行业是制约我国工业发展的主要技术之一．经过大量科研技术人员艰苦攻关，我国芯片有了新突破．某芯片实现国产化后，芯片价格大幅下降．原来每片芯片的单价为 200 元，准备进行两次降价，如果每次降价的百分率都为 x，经过两次降价后的价格为 y (元)．

(1) 求 y 与 x 之间的函数关系式；

(2) 如果该芯片经过两次降价后每片芯片单价为 128 元，求每次降价的百分率．

📖 **能力清**

1. 如图，Rt△ABC 中，∠A = 90°，AB=4，AC=6，点 P 是线段 BC 上一动点，PE⊥AB 于点 E，PF⊥AC 于点 F，四边形 AEPF 的面积记为 S，EB = x，则 S 关于 x 的函数关系图象是 （　　）

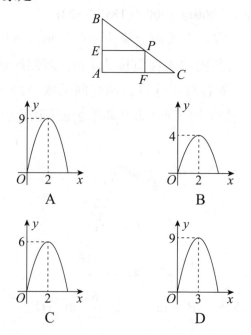

A   B

C   D

2. 某水利工程公司开挖的沟渠，蓄水之后截面呈抛物线形，在图中建立平面直角坐标系，并标出相关数据（单位：m）. 某学习小组探究之后得出如下结论，其中正确的为（　　）

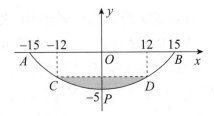

A. $AB = 24$ m

B. 沟渠底所在抛物线的解析式为 $y = \frac{1}{25}x^2 - 5$

C. 沟渠最深处到水面 CD 的距离为 3.2 m

D. 若沟渠中水面的宽度减少为原来的一半，则最深处到水面的距离减少为原来的 $\frac{1}{3}$

3. 某特许零售店"冰墩墩"纪念品的销售日益火爆，每个纪念品进价 40 元，销售期间发现，当销售单价定为 44 元时，每天可售出 300 个；销售单价每上涨 1 元，每天销量减少 10 个. 现商家决定提价销售，设每天销售量为 y 个，销售单价为 x ($x > 44$) 元，商家每天销售纪念品获得的利润为 w 元，则下列等式正确的是（　　）

A. $y = 10x + 740$

B. $y = 10x - 140$

C. $w = (-10x + 700)(x - 40)$

D. $w = (-10x + 740)(x - 40)$

4. 掷实心球是中考体育测试中的一个项目. 如图，一名男生掷实心球，实心球行进的路线是一段抛物线，已知实心球出手时离地面 2 米，当实心球行进的水平距离为 4 米时达到最高点，此时离地面 3.6 米，这名男生此次抛掷实心球的成绩是_____米.

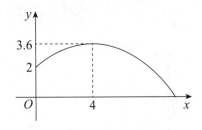

5. 某游乐园要建造一个直径为 20 m 的圆形喷水池，计划在喷水池的周边安装一圈喷水头，使喷出的水柱在距池中心 4 m 处达到最高，高度为 6 m. 如图，以水平方向为轴，喷水池中心为原点建立平面直角坐标系，若要在喷水池中心的正上方设计挡板（AB，AC），使各方向喷出的水柱擦挡板后，汇合于喷水池中心装饰物 M 处，挡板 AB 所在直线的解析式为 $y = \frac{1}{2}x + n$，则抛物线 l 的解析式为_____，n 的值为_____.

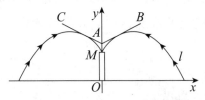

6. 某大型乐园包含多项主题演出与游乐项目，其中过山车"冲上云霄"是其经典项目之一. 如图，$A \to B \to C$ 为过山车"冲上云霄"的一部分轨道（B 为轨道最低点），它可以看成一段抛物线，其中 $OA = \frac{125}{4}$ 米，$OB = \frac{25}{2}$ 米（轨道厚度忽略不计）. 📷

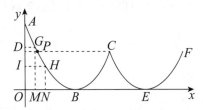

(1) 求抛物线 $A \to B \to C$ 的函数解析式.

(2) 在轨道距离地面 5 米处有两个位置 P 和 C，当过山车运动到 C 处时，又进入下坡段 $C \to E$（接口处轨道忽略不计）. 已知轨道抛物线 $C \to E \to F$ 的大小形状与抛物线 $A \to B \to C$ 完全相同，求 OE 的长度.

(3) 现需要对轨道下坡段 $A \to B$ 进行安全加固，架设某种材料的水平支架和竖直支架 GD，GM，HI，HN，且要求 $OM = MN$. 如何设计支架，可使得所需用料最少？最少需要材料多少米？

7. 图 1 是一个倾斜角为 α 的斜坡的横截面. 斜坡顶端 B 与地面的距离 BC 为 3 米. 为了对这个斜坡上的绿地进行喷灌, 在斜坡底端安装了一个喷头 A, BC 与喷头 A 的水平距离为 6 米, 喷头 A 喷出的水珠在空中走过的曲线可以看作抛物线的一部分. 设喷出水珠的竖直高度为 y(单位: 米)(水珠的竖直高度是指水珠与水平地面的距离), 水珠与喷头 A 的水平距离为 x(单位: 米), y 与 x 之间近似满足二次函数关系, 图 2 记录了 x 与 y 的相关数据, 其中当水珠与喷头 A 的水平距离为 4 米时, 喷出的水珠达到最大高度 4 米.

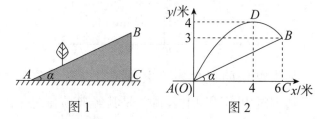

图 1   图 2

(1) 求 y 关于 x 的函数关系式;

(2) 斜坡上有一棵高 1.9 米的树, 它与喷头 A 的水平距离为 2 米, 通过计算判断从 A 喷出的水珠能否越过这棵树;

(3) 请求出水珠到斜坡的垂直距离最大是多少米.

🗒️ 中考清

1. 易错 (菏泽中考) 如图, 等腰 Rt△ABC 与矩形 DEFG 在同一水平线上, AB=DE=2, DG=3, 现将等腰 Rt△ABC 沿箭头所指方向水平平移, 平移距离 x 是自点 C 到达 DE 之时开始计算, 至 AB 离开 GF 为止. 等腰 Rt△ABC 与矩形 DEFG 的重合部分面积记为 y, 则能大致反映 y 与 x 的函数关系的图象为 (　　)

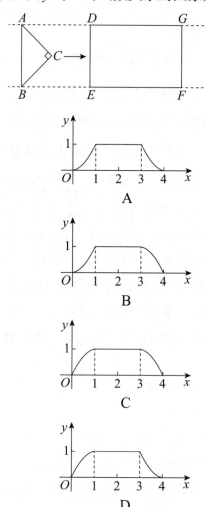

2. (黔西南州中考) 如图是一名男生推铅球时, 铅球行进过程中形成的抛物线. 按照图中所示的平面直角坐标系, 铅球行进高度 y(单位: m) 与水平距离 x (单位: m) 之间的关系是 $y = -\frac{1}{12}x^2 + \frac{2}{3}x + \frac{5}{3}$, 则铅球推出的水平距离 OA 的长是_____ m.

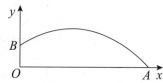

3. (陕西中考) 现要修建一条隧道，其截面为抛物线形，如图所示，线段 OE 表示水平的路面，以 O 为坐标原点，以 OE 所在直线为 x 轴，以过点 O 垂直于 x 轴的直线为 y 轴，建立平面直角坐标系. 根据设计要求：OE=10 m，该抛物线的顶点 P 到 OE 的距离为 9 m.

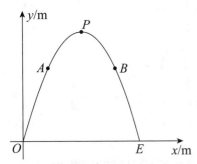

(1) 求满足设计要求的抛物线的函数表达式.

(2) 现需在这一隧道内壁上安装照明灯，如图所示，即在该抛物线上的点 A，B 处分别安装照明灯. 已知点 A，B 到 OE 的距离均为 6 m，求点 A，B 的坐标.

4. (临沂中考) 公路上正在行驶的甲车，发现前方 20 m 处沿同一方向行驶的乙车后，开始减速，减速后甲车行驶的路程 s (单位：m)、速度 v (单位：m/s) 与时间 t (单位：s) 的关系分别可以用二次函数和一次函数表示，其图象如图所示.

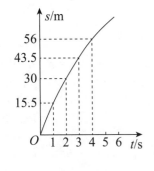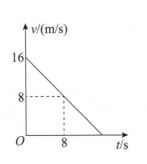

(1) 当甲车减速至 9 m/s 时，它行驶的路程是多少？

(2) 若乙车以 10 m/s 的速度匀速行驶，两车何时相距最近，最近距离是多少？

5. (威海中考) 城建部门计划修建一条喷泉步行通道. 图 1 是项目俯视示意图. 步行通道的一侧是一排垂直于路面的柱形喷水装置，另一侧是方形水池. 图 2 是主视示意图. 喷水装置 OA 的高度是 2 米，水流从喷头 A 处喷出后呈抛物线路径落入水池内，当水流在与喷头水平距离为 2 米时达到最高点 B，此时距路面的最大高度为 3.6 米. 为避免溅起的水雾影响通道上的行人，计划安装一个透明的倾斜防水罩，防水罩的一端固定在喷水装置上的点 M 处，另一端与路面的垂直高度 NC 为 1.8 米，且与喷泉水流的水平距离 ND 为 0.3 米. 点 C 到水池外壁的水平距离 CE=0.6 米，求步行通道的宽 OE (结果精确到 0.1 米，参考数据：$\sqrt{2} \approx 1.41$).

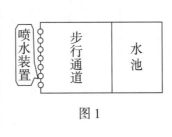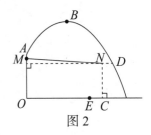

图 1　　　　图 2

6. （南充中考）超市购进某种苹果，如果进价增加2元/千克要用300元；如果进价减少2元/千克，同样数量的苹果只用200元.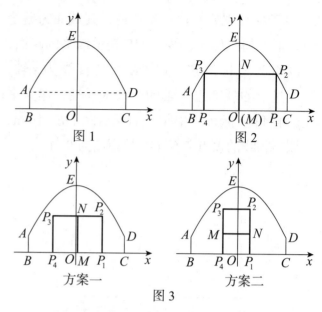

(1) 求苹果的进价.

(2) 如果购进这种苹果不超过100千克，就按原价购进；如果购进苹果超过100千克，超过部分购进价格减少2元/千克. 写出购进苹果的支出 y（元）与购进数量 x（千克）之间的函数关系式.

(3) 超市一天购进苹果数量不超过300千克，且购进苹果当天全部销售完. 据统计，销售单价 z（元/千克）与一天销售数量 x（千克）的关系为 $z = -\dfrac{1}{100}x + 12$. 在(2)的条件下，要使超市销售苹果利润 w（元）最大，求一天购进的苹果数量（利润 = 销售收入 - 购进支出）.

图1　　　图2

方案一　　　方案二

图3

(1) 求此抛物线对应的函数表达式.

(2) 在隧道截面内（含边界）修建"Π"形或"А"形栅栏，如图2、图3中粗线段所示，点 P_1，P_4 在 x 轴上，MN 与矩形 $P_1P_2P_3P_4$ 的一边平行且相等. 栅栏总长 l 为图中粗线段 P_1P_2，P_2P_3，P_3P_4，MN 长度之和. 请解决以下问题：

①修建一个"Π"形栅栏，如图2，点 P_2，P_3 在抛物线 AED 上，设点 P_1 的横坐标为 $m(0 < m \leqslant 6)$，求栅栏总长 l 与 m 之间的函数表达式和 l 的最大值；

②现修建一个总长为18米的栅栏，有如图3所示的修建"Π"形和"А"形两种设计方案，请你从中选择一种，求出该方案下矩形 $P_1P_2P_3P_4$ 面积的最大值，及取最大值时点 P_1 的横坐标的取值范围（P_1 在 P_4 右侧）.

7. （安徽中考）如图1，隧道截面由抛物线的一部分 AED 和矩形 $ABCD$ 构成，矩形的一边 BC 为12米，另一边 AB 为2米. 以 BC 所在的直线为 x 轴，线段 BC 的垂直平分线为 y 轴，建立平面直角坐标系 xOy，规定一个单位长度代表1米. $E(0, 8)$ 是抛物线的顶点.

考点 7 二次函数与图形面积

笔记清单

● 二次函数中求面积最值问题的三种方法

方法	作法	图示
割补法	连接动点 P 与原点 (连接 OP) → 通过已知条件表示动点 P 的坐标 → 通过割补法表示所求三角形的面积	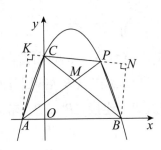
铅垂高法	过动点 P 作 x 轴的垂线,并交定直线于点 Q → 根据动点 P 坐标表示点 Q 坐标 → $S_\triangle = \dfrac{1}{2} \times \mid$ 两动点 (P,Q) 纵坐标之差 $\mid \times \mid$ 两定点 (A,C) 横坐标之差 $\mid$	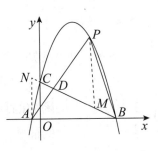
平移法	过动点 P 作定直线的平行线交 y 轴于点 Q → 根据平行线间距离处处相等,可知 $S_{\triangle PAC} = S_{\triangle QAC}$	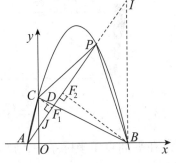

● 二次函数中求三角形面积之比

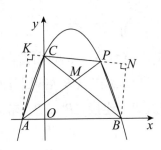

$$\frac{S_{\triangle ACP}}{S_{\triangle BCP}} = \frac{\frac{1}{2} CP \cdot AK}{\frac{1}{2} CP \cdot BN} = \frac{AK}{BN}$$

$$\frac{S_{\triangle ABD}}{S_{\triangle BDP}} = \frac{AD}{DP} = \frac{AN}{PM}$$

$$\frac{S_{\triangle ACP}}{S_{\triangle ABP}} = \frac{CF_1}{BF_2} = \frac{CD}{BD} = \frac{CJ}{BI}$$

> 总结

解决三角形面积问题,常用的方法为转换法,包括化斜为直、等积变形等.

习题清单

🔷 基础清

1. 如图，抛物线 L_1：$y = ax^2 + bx + c(a \neq 0)$ 与 x 轴只有一个公共点 $A(2, 0)$，与 y 轴交于点 $B(0, 4)$，虚线为其对称轴，若将抛物线向下平移 4 个单位长度得到抛物线 L_2，则图中两个阴影部分的面积之和为 (   )

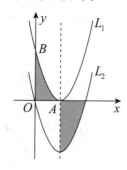

A. 4   B. 2   C. 6   D. 8

2. 如图，在矩形 $ABCD$ 中，$AB = 2$，$AD = 2\sqrt{3}$，点 E 是线段 AD 的三等分点 $(AE < ED)$，动点 F 从点 D 出发向终点 E 运动，以 BF 为边作等边 $\triangle BFG$，在动点 F 运动的过程中，阴影部分面积的最小值是 (   )

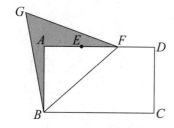

A. $\frac{2}{3}\sqrt{3}$ B. $\sqrt{3}$ C. $\frac{4}{3}\sqrt{3}$ D. $\frac{3}{2}$

3. 如图，在平面直角坐标系中，抛物线 $y = -x^2 - 4x + 1$ 与 y 轴交于点 A，过点 A 且平行于 x 轴的直线交抛物线 $y = x^2$ 于 B，C 两点，点 P 在抛物线 $y = -x^2 - 4x + 1$ 上且在 x 轴的上方，连接 PB，PC，则 $\triangle PBC$ 面积的最大值是( )

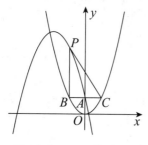

A. 5   B. 4.5   C. 6   D. 4

4. 如图，抛物线 $y = -\frac{1}{2}x^2 - x + \frac{3}{2}$ 与 x 轴相交于点 A，B，与 y 轴相交于点 C，则 $\triangle ABC$ 的面积为 _____.

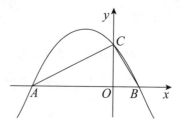

5. 抛物线 $y = x^2 - 4$ 与 x 轴的两个交点和顶点构成的三角形的面积为 _____.

6. 如图，点 A，B 在 $y = \frac{1}{4}x^2$ 的图象上．已知 A，B 的横坐标分别为 -2，4，连接 OA，OB．若函数 $y = \frac{1}{4}x^2$ 的图象上存在点 P，使 $\triangle PAB$ 的面积等于 $\triangle AOB$ 面积的一半，则这样的点 P 共有 _____ 个．📹

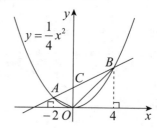

7. 已知二次函数 $y = x^2 - 6x + 5$ 的图象与 x 轴交于 A，B 两点，且点 A 在点 B 左侧．若该二次函数的顶点为点 P，连接 AP，BP，求 $\triangle ABP$ 的面积．

8. 如图，抛物线 $y=-x^2+bx+c$ 与 x 轴交于 A，B 两点，与 y 轴交于点 $C(0, 3)$，对称轴为直线 $x=1$.

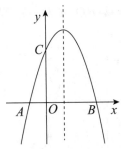

(1) 求抛物线的解析式及点 A，B 的坐标.

(2) 点 P 为第一象限内抛物线上一点，从条件 ① 与条件 ② 这两个条件中选择一个作为已知，求点 P 的坐标.

条件①: 使得 $\triangle PAB$ 的面积等于 6;

条件②: 使得 $\triangle PCO$ 的面积等于 3.

注: 如果选择条件①与条件②分别作答，按第一个解答计分.

9. 如图，在平面直角坐标系中，直线 $y=-\dfrac{3}{4}x+3$ 与 x 轴交于点 A，与 y 轴交于点 C，抛物线 $y=-\dfrac{1}{4}x^2+bx+c$ 经过点 A，C.

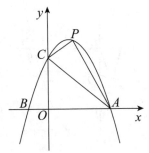

(1) 求抛物线解析式及顶点 M 的坐标;

(2) P 为抛物线第一象限内一点，使得 $\triangle PAC$ 面积最大，求 $\triangle PAC$ 面积的最大值及此时点 P 的坐标.

10. 如图，二次函数的图象交 x 轴于点 $A(-1, 0)$，$B(2, 0)$，交 y 轴于点 $C(0, -2)$.

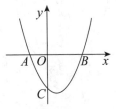

(1) 求这个二次函数的解析式的一般式;

(2) 若点 M 为该二次函数图象在第四象限内一个动点，求点 M 运动过程中，四边形 $ACMB$ 面积的最大值，并求出此时点 M 的坐标.

能力清

1. 如图，抛物线 $y=-(x+m)^2+4$ 的顶点为 P，将抛物线向右平移 3 个单位长度后得到新的抛物线，其顶点记为 M，设两条抛物线交于点 C，则 $\triangle PMC$ 的面积为 （ ）

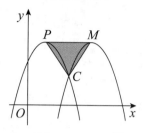

A. $\dfrac{21}{4}$ B. $\dfrac{21}{8}$ C. $\dfrac{27}{8}$ D. $\dfrac{27}{4}$

2. 已知抛物线 $y=x^2-4$ 与 y 轴交于点 A，与 x 轴分别交于 B，C 两点，将该抛物线分别平移后得到抛物线 l_1，l_2，其中 l_1 的顶点为点 B，l_2 的顶点为点 C，则由这三条抛物线所围成的图形 (图中阴影部分) 的面积为 （ ）

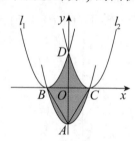

A. 8 B. 16
C. 32 D. 无法计算

3. 已知抛物线 $y=x^2-2ax-2a-1$ 与 x 轴交于 A，B 两点，与 y 轴负半轴交于点 C，$\triangle ABC$ 的面积为 15，则该抛物线的对称轴为 （ ）

A. 直线 $x=2$ B. 直线 $x=-\dfrac{7}{2}$
C. 直线 $x=\dfrac{1}{3}$ D. 直线 $x=\dfrac{1}{2}$

4. 如图，抛物线 $y=ax^2-3$ 和 $y=-ax^2+3$ 都经过 x 轴上的 A，B 两点，两条抛物线的顶点分别为 C，D. 当四边形 $ACBD$ 的面积为 24 时，a 的值为_____.

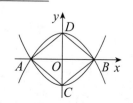

5. 如图，抛物线 $y=-x^2+4x+5$ 与 x 轴交于 A，B 两点 (点 A 在点 B 的左边)，与 y 轴交于点 C，点 D 为此抛物线上的一动点 (点 D 在第一象限)，连接 BD，CD，则四边形 $OBDC$ 面积的最大值为_____.

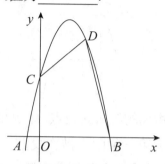

6. 如图，已知抛物线 $y=-2x^2+4x+6$ 与 x 轴交于点 A，B，与 y 轴交于点 C. 点 $P(m,n)$ 在平面直角坐标系第一象限内的抛物线上运动，设 $\triangle PBC$ 的面积为 S. 有下列结论：① $AB=4$；② $OC=6$；③ $S_{最大值}=\dfrac{27}{4}$. 其中，正确结论的序号是_____.

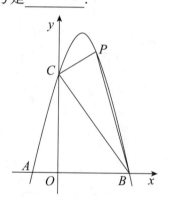

7. 如图，抛物线 $y=x^2-2x-3$ 与 x 轴交于 A，B 两点 (A 在左边)，与 y 轴交于点 C，P 是线段 AC 上的一点，连接 BP，交 y 轴于点 Q，连接 OP，当 $\triangle OAP$ 和 $\triangle PQC$ 的面积之和与 $\triangle OBQ$ 的面积相等时，点 P 的坐标为_____.

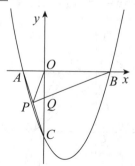

8. 如图, 抛物线 $y = -x^2 - 2x + 3$ 与 x 轴交于 A, B 两点 (点 A 在点 B 的左边), 与 y 轴交于点 C.

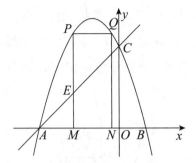

(1) 直接写出点 A, B, C 的坐标;

(2) 点 M 为线段 AB 上一点 (点 M 与点 A、点 B 不重合), 过点 M 作 x 轴的垂线, 与直线 AC 交于点 E, 与抛物线交于点 P, 过点 P 作 $PQ /\!/ AB$ 交抛物线于点 Q, 过点 Q 作 $QN \perp x$ 轴于点 N, 若点 P 在点 Q 的左侧, 当矩形 $PMNQ$ 的周长最大时, 求 $\triangle AEM$ 的面积.

9. 在平面直角坐标系 xOy 中, 抛物线 G: $y_1 = mx^2 + nx + m + 1$ (m 为常数) 的顶点为 P, 且过点 $A(1, 2n)$, $B(t, c_1)$.

(1) 求证: 无论 m 为何值, 点 P 必在同一条直线上.

(2) 若点 $C(t, c_2)$ 在函数 y_2 的图象 H 上, 对于任意的实数 t, 都有点 B 和点 C 关于 $D(t, t)$ 对称, 函数 y_2 的图象 H 与抛物线 G 从左到右依次交于 E, F 两点.

①若点 E, F 中有一个落在坐标轴上时, 求 y_2 函数的解析式.

②在①的条件下, 若 $c_1 - c_2 > 0$, 试问四边形 $BECF$ 能否是平行四边形? 请说明理由, 并求出四边形 $BECF$ 面积的最大值.

📝 中考清

1. (淄博中考) 已知二次函数 $y = 2x^2 - 8x + 6$ 的图象交 x 轴于 A, B 两点. 若其图象上有且只有 P_1, P_2, P_3 三点满足 $S_{\triangle ABP_1} = S_{\triangle ABP_2} = S_{\triangle ABP_3} = m$, 则 m 的值是 ( )

A. 1　　B. $\dfrac{3}{2}$　　C. 2　　D. 4

2. (广州中考) 如图, 在 $\mathrm{Rt}\triangle ABC$ 中, $\angle ACB = 90°$, $AB = 10$, $AC = 6$, 点 M 是边 AC 上一动点, 点 D, E 分别是 AB, MB 的中点, 当 $AM = 2.4$ 时, DE 的长是 _____. 若点 N 在边 BC 上, 且 $CN = AM$, 点 F, G 分别是 MN, AN 的中点, 当 $AM > 2.4$ 时, 四边形 $DEFG$ 面积 S 的取值范围是 _____.

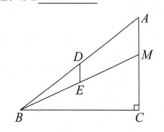

3. （无锡中考节选）在平面直角坐标系中，二次函数 $y = -\frac{1}{4}x^2 + bx + c$ 的图象与 x 轴交于 A，B 两点，$A(-2, 0)$，与 y 轴交于点 $C(0, 2)$，点 P 为函数图象上的动点.

(1) 求这个二次函数的表达式；

(2) 当点 P 的横坐标为 6 时，求 $\triangle BCP$ 的面积.

4. （苏州中考）如图，二次函数 $y = x^2 - 6x + 8$ 的图象与 x 轴分别交于点 A，B（点 A 在点 B 的左侧），直线 l 是对称轴. 点 P 在函数图象上，其横坐标大于 4，连接 PA，PB，过点 P 作 $PM \perp l$，垂足为 M，以点 M 为圆心，作半径为 r 的圆，PT 与 $\odot M$ 相切，切点为 T.

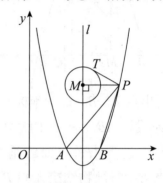

(1) 求点 A，B 的坐标；

(2) 若以 $\odot M$ 的切线长 PT 为边长的正方形的面积与 $\triangle PAB$ 的面积相等，且 $\odot M$ 不经过点 $(3, 2)$，求 PM 长的取值范围.

5. (青岛中考) 如图，在菱形 $ABCD$ 中，对角线 AC，BD 相交于点 O，$AB=10$ cm，$BD=4\sqrt{5}$ cm. 动点 P 从点 A 出发，沿 AB 方向匀速运动，速度为 1 cm/s；同时，动点 Q 从点 A 出发，沿 AD 方向匀速运动，速度为 2 cm/s. 以 AP，AQ 为邻边的平行四边形 $APMQ$ 的边 PM 与 AC 交于点 E. 设运动时间为 t(s)$(0 < t \leqslant 5)$，解答下列问题：

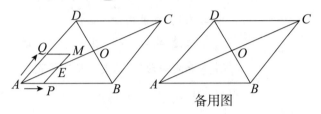

备用图

(1) 当点 M 在 BD 上时，求 t 的值.

(2) 连接 BE. 设 $\triangle PEB$ 的面积为 $S(\text{cm}^2)$，求 S 与 t 的函数关系式和 S 的最大值.

(3) 是否存在某一时刻 t，使点 B 在 $\angle PEC$ 的平分线上？若存在，求出 t 的值；若不存在，请说明理由.

6. (齐齐哈尔中考) 如图，抛物线 $y = -x^2 + bx + c$ 上的点 A，C 坐标分别为 $(0, 2)$，$(4, 0)$，抛物线与 x 轴负半轴交于点 B，点 M 为 y 轴负半轴上一点，且 $OM=2$，连接 AC，CM.

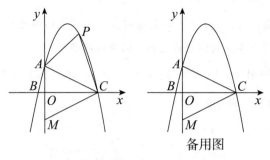

备用图

(1) 求点 M 的坐标及抛物线的解析式；

(2) 点 P 是抛物线位于第一象限图象上的动点，连接 AP，CP，当 $S_{\triangle PAC} = S_{\triangle ACM}$ 时，求点 P 的坐标；

(3) 点 D 是线段 BC(包含点 B，C)上的动点，过点 D 作 x 轴的垂线，交抛物线于点 Q，交直线 CM 于点 N，若以点 Q，N，C 为顶点的三角形与 $\triangle COM$ 相似，请直接写出点 Q 的坐标；

(4) 将抛物线沿 x 轴的负方向平移得到新抛物线，点 A 的对应点为点 A'，点 C 的对应点为点 C'，在抛物线平移过程中，当 $MA'+MC'$ 的值最小时，新抛物线的顶点坐标为_____，$MA'+MC'$ 的最小值为_____.

考点 8 二次函数动点与存在性问题

笔记清单

● 平行四边形存在性问题

方法：对点法(平行四边形对角线上两点的横坐标之和等于另一条对角线上两点的横坐标之和，纵坐标同理).

已知 $A(x_1, y_1)$，$B(x_2, y_2)$，$C(x_3, y_3)$，$D(x_4, y_4)$ 四点形成平行四边形 $ABCD$，则存在 $\begin{cases} x_1 + x_3 = x_2 + x_4, \\ y_1 + y_3 = y_2 + y_4. \end{cases}$

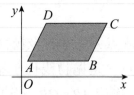

注意 若题目中为"平行四边形 $ABCD$"，则说明四个点的位置固定，不需要分类讨论；若题目中为"以 A，B，C，D 为顶点的四边形是平行四边形"，则说明四个点的位置不固定，需要分类讨论. 该方法可以解决"两定两动""三定一动"问题.

● 等腰三角形存在性问题

1. **方法一**：几何法(两圆一线).

   两圆→以定点为圆心，定长为半径作圆，交动点所在直线于一点即为动点的位置.

   一线→作两定点的垂直平分线，交动点所在直线于一点即为动点的位置.

   如图，在抛物线上找一点 P，使得 $\triangle ABP$ 为等腰三角形，点 P，P_1，P_2 即为所求.

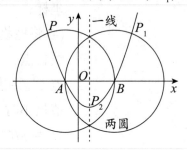

2. **方法二**：代数法(利用两点之间距离公式列方程，分类讨论).

   (1) 表示动点 P 的坐标.

   (2) 用距离公式表示 PA，PB，AB.

   (3) 分类讨论：① $PA^2 = PB^2$；② $PA^2 = AB^2$；③ $AB^2 = PB^2$.

● 直角三角形存在性问题

1. **方法一**：几何法.

   以定点 P 为直角顶点时，PA 与定直线 AB 互相垂直，则它们的直线解析式满足 $k_1k_2 = -1$，求得两线的解析式，再与动点 P 所在直线或抛物线联立，求得动点 P 的坐标.

   以动点为直角顶点时，可以构造"一线三垂直"模型("k"字形相似) 求解.

2. **方法二**：代数法(利用两点之间距离公式列方程，分类讨论).

   (1) 表示动点 P 的坐标.

   (2) 用距离公式表示 PA，PB，AB.

   (3) 分类讨论：① $PA^2 = PB^2 + AB^2$；② $PB^2 = PA^2 + AB^2$；③ $AB^2 = PA^2 + PB^2$.

● 等腰直角三角形存在性问题

等腰直角三角形存在性问题可以利用"构造直角三角形 + 直角边相等"求解，特别注意在以动点为直角顶点构造三角形时，采用"一线三垂直"模型，构造"k"字形全等三角形.

● 菱形存在性问题

根据菱形的判定可知，"平行四边形 + 一组邻边相等"即为菱形，所以在求解菱形存在性问题时，可以利用"平行四边形对点法 + 一组邻边相等的距离公式"求解得到.

● 矩形存在性问题

根据矩形的判定可知，"平行四边形 + 对角线相等"即为矩形，所以在求解矩形存在性问题时，可以利用"平行四边形对点法 + 对角线相等的距离公式"求解得到.

● 角度问题

问题	方法	示例	图示
角度相等问题	作平行线和对称线进行转化	抛物线上是否存在一点 P，使得 $\angle PAB = \angle EBA$？ ①过点 A 作 $AP_1 /\!/ EB$，则 $\angle P_1AB = \angle EBA$； ②作直线 AP_1 关于 x 轴的对称线 AP_2，交抛物线于点 P_2，则 $\angle P_2AB = \angle EBA$	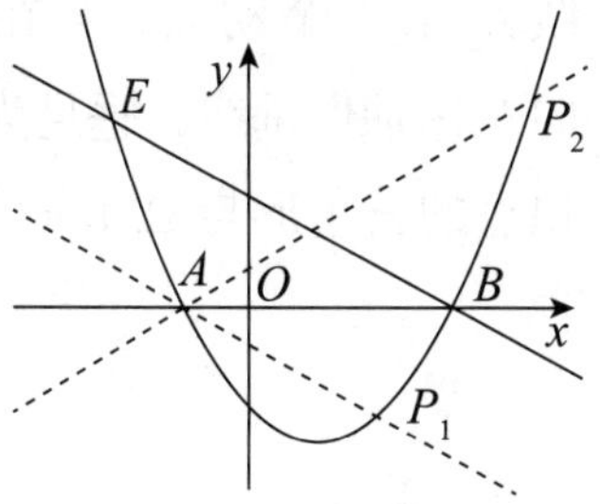
倍角关系问题	外角定理 + 构造等腰三角形	抛物线上是否存在一点 P，使得 $\angle PAB = 2\angle EBA$？ ①作等腰三角形 $\triangle EMB$，则 $\angle EMA = 2\angle EBA$； ②此时问题转化为作 $\angle PAB = \angle EMA$，步骤同角度相等问题	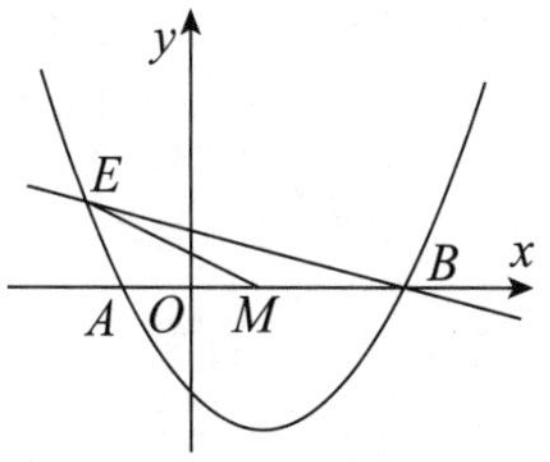

● 相似(全等)三角形存在性问题

相似三角形的大部分题目采用两边对应成比例及其夹角相等进行判定(全等采用 SAS 判定).

1. 方法：首先观察图中要求解的三角形是否存在相等的角，若存在相等的角，则只需要用距离公式表示出角的两边，然后利用对应边成比例(相等)即可.

2. 特殊直线：

　(1) 直线 $y = \pm x + b$ 与 x 轴的夹角为 $45°$；

　(2) 直线 $y = \pm\dfrac{\sqrt{3}}{3}x + b$ 与 x 轴的夹角为 $30°$；

　(3) 直线 $y = \pm\sqrt{3}x + b$ 与 x 轴的夹角为 $60°$.

> 如何确定等角？
> ①观察图形是否有特殊角；
> ②是否有平行线；
> ③利用等角的三角函数值相等.

习题清单

答案 P52

基础清

1. 如图, 抛物线 $L_1: y = ax^2 - 2ax + c$ 与 x 轴交于 A, $B(3, 0)$ 两点, 与 y 轴交于点 $C(0, -3)$, 顶点为 D, 抛物线 L_2 与 L_1 关于 x 轴对称.

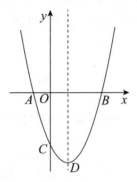

(1) 求抛物线 L_1 的解析式及点 D 的坐标;

(2) 已知点 E 是抛物线 L_2 的顶点, 点 P 是抛物线 L_2 上一个动点, 且在对称轴右侧, 过点 P 向对称轴作垂线, 垂足为 F, 若以 P, E, F 为顶点的三角形与 $\triangle AOC$ 相似, 求点 P 的坐标.

2. 如图, 直线 $y = -x + 3$ 与 x 轴、y 轴分别交于 B, C 两点, 抛物线 $y = -x^2 + bx + c$ 经过点 B, C, 与 x 轴另一交点为 A, 顶点为 D.

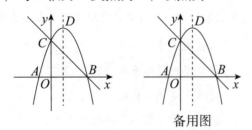

备用图

(1) 求抛物线的解析式.

(2) 在第四象限的抛物线上是否存在一点 M, 使 $\triangle MBC$ 的面积为 27? 若存在, 求出点 M 的坐标; 若不存在, 请说明理由.

(3) 在抛物线的对称轴上是否存在一点 P, 使得 $\angle APB = \angle OCB$? 若存在, 求出点 P 的坐标; 若不存在, 请说明理由.

3. 如图, 抛物线 $y = ax^2 + bx + 3$ 的对称轴为直线 $x = 2$, 并且经过点 $A(-2, 0)$, 交 x 轴于另一点 B, 交 y 轴于点 C.

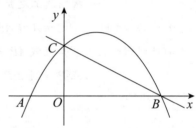

(1) 求抛物线的解析式.

(2) 在直线 BC 上方的抛物线上有一点 P, 求点 P 到直线 BC 距离的最大值及此时点 P 的坐标.

(3) 在直线 BC 下方的抛物线上是否存在点 Q, 使得 $\triangle QBC$ 为直角三角形? 若存在, 请直接写出点 Q 的坐标; 若不存在, 请说明理由.

4. 如图，抛物线顶点 $P(1, 4)$，与 y 轴交于点 $C(0, 3)$，与 x 轴交于点 A，B.

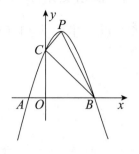 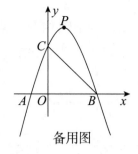

备用图

(1) 求抛物线的解析式.

(2) Q 是抛物线上除点 P 外一点，$\triangle BCQ$ 与 $\triangle BCP$ 的面积相等，求点 Q 的坐标.

(3) M 是线段 BC 上方抛物线上一个动点，过点 M 作 x 轴的垂线，交线段 BC 于点 D，再过点 M 作 $MN /\!/ x$ 轴交抛物线于点 N，连接 DN，请问是否存在点 M 使 $\triangle MDN$ 为等腰直角三角形？若存在，求出点 M 的坐标；若不存在，说明理由.

5. 如图，抛物线 $y = ax^2 + bx + 6(a \neq 0)$ 与 x 轴交于点 $A(2, 0)$ 和点 $B(-6, 0)$，与 y 轴交于点 C.

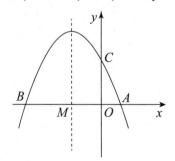

(1) 求抛物线的解析式.

(2) 在抛物线上是否存在一点 P，使 $\triangle PAB$ 的面积与 $\triangle ABC$ 的面积相等？若存在，求出点 P 的坐标；若不存在，请说明理由.

(3) 设抛物线的对称轴与 x 轴交于点 M，在对称轴上存在点 Q，使 $\triangle CMQ$ 是以 MC 为腰的等腰三角形，请直接写出所有符合条件的点 Q 的坐标.

6. 已知抛物线 $y = ax^2 + bx + 3$ 的图象与 x 轴相交于点 A 和点 $B(1, 0)$，与 y 轴交于点 C，连接 AC，有一动点 D 在线段 AC 上运动，过点 D 作 x 轴的垂线，交抛物线于点 E，交 x 轴于点 F，$AB = 4$，设点 D 的横坐标为 m.

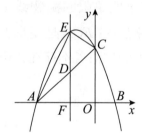 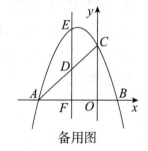

备用图

(1) 求抛物线的解析式.

(2) 连接 AE, CE，当 $\triangle ACE$ 的面积最大时，求出 $\triangle ACE$ 的最大面积和点 D 的坐标.

(3) 当 $m = -2$ 时，在平面内是否存在点 Q，使以 B，C，E，Q 为顶点的四边形为平行四边形？若存在，请直接写出点 Q 的坐标；若不存在，请说明理由.

7. 如图，已知二次函数 $y = x^2 + bx + c$ (b，c 为常数) 的图象经过点 $A(3, -1)$，点 $C(0, -4)$，顶点为点 M，过点 A 作 $AB // x$ 轴，交 y 轴于点 D，交二次函数 $y = x^2 + bx + c$ 的图象于点 B，连接 BC.

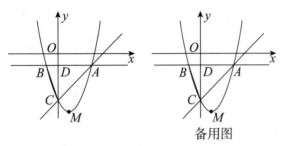

备用图

(1) 求该二次函数的解析式及点 M 的坐标.

(2) 若将该二次函数图象向上平移 $m(m > 0)$ 个单位长度，使平移后得到的二次函数图象的顶点落在 $\triangle ABC$ 的内部 (不包括 $\triangle ABC$ 的边界)，求 m 的取值范围.

(3) 若 E 为 y 轴上且位于点 C 下方的一点，P 为直线 AC 上一点，在第四象限的抛物线上是否存在一点 Q，使四边形 $CEQP$ 是菱形? 若存在，请求出点 Q 的横坐标;若不存在，请说明理由.

8. 如图，在平面直角坐标系中，已知抛物线 $y = ax^2 + \dfrac{3}{2}x + c (a \neq 0)$ 与 x 轴相交于 A，B 两点，与 y 轴相交于点 C，点 B 坐标为 $(4, 0)$，点 C 坐标为 $(0, 2)$.

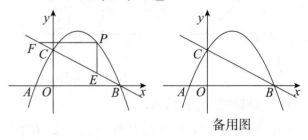

备用图

(1) 求该抛物线的函数解析式.

(2) 点 P 为直线 BC 上方抛物线上的任意一点，过点 P 作 $PF // x$ 轴交直线 BC 于点 F，过 P 作 $PE // y$ 轴交直线 BC 于点 E，求线段 EF 的最大值及此时点 P 的坐标.

(3) 将该抛物线沿着射线 AC 方向平移 $\dfrac{\sqrt{5}}{2}$ 个单位长度得到新抛物线 y，N 是新抛物线对称轴上一点，在平面直角坐标系中是否存在点 Q，使以点 B，C，Q，N 为顶点的四边形为矩形? 若存在，请直接写出点 Q 的坐标;若不存在，请说明理由.

9. 已知二次函数 C_1：$y = mx^2 - 2mx + 3(m \neq 0)$.

(1) 有关二次函数 C_1 的图象与性质，下列结论中正确的有_____（填序号）.

①二次函数 C_1 的图象开口向上；

②二次函数 C_1 的图象的对称轴是直线 $x=1$；

③二次函数 C_1 的图象经过定点 $(0,3)$ 和 $(2,3)$；

④函数值 y 随着 x 的增大而减小.

(2) 当 $m=1$ 时，

①抛物线 C_1 的顶点坐标为_____；

②将抛物线 C_1 沿 x 轴翻折得到抛物线 C_2，则抛物线 C_2 的解析式为_____.

(3) 设抛物线 C_1 与 y 轴相交于点 E，过点 E 作直线 $l // x$ 轴，与抛物线 C_1 的另一交点为 F，将抛物线 C_1 沿直线 l 翻折，得到抛物线 C_3，抛物线 C_1，C_3 的顶点分别记为 P，Q. 是否存在实数 m，使得以点 E，F，P，Q 为顶点的四边形为正方形？若存在，请求出 m 的值；若不存在，请说明理由.

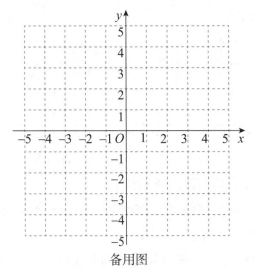

备用图

能力清

1. 如图，已知抛物线 $y = ax^2 + bx + c$ 与 x 轴交于 $A(3, 0)$，$B(1, 0)$ 两点，与 y 轴交于点 C，且有 $OA = OC$.

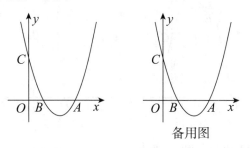

备用图

(1) 求抛物线的解析式；

(2) 点 P 在抛物线的对称轴上，使得 $\triangle ACP$ 是以 AC 为底的等腰三角形，求出点 P 的坐标；

(3) 在 (2) 的条件下，若点 Q 在抛物线的对称轴上，并且有 $\angle AQC = \dfrac{1}{2}\angle APC$，直接写出点 Q 的坐标.

2. 如图，抛物线 $y=-x^2+bx+c$ 的图象与 x 轴交于点 $A(-5,0)$ 和点 $B(1,0)$ ，与 y 轴交于点 C，抛物线的对称轴与 x 轴交于点 D.

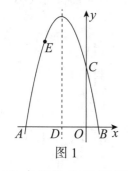 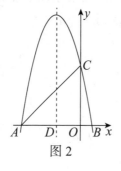

图1　　　　图2

(1) 求抛物线的解析式.

(2) 如图 1，点 $E(x,y)$ 为抛物线上一点，且 $-5<x<-2$ ，过点 E 作 $EF/\!/x$ 轴，交抛物线的对称轴于点 F，作 $EH\perp x$ 轴于点 H，得到矩形 $EHDF$ ．求矩形 $EHDF$ 的周长的最大值.

(3) 如图 2，点 P 是 y 轴上的一点，是否存在点 P，使以 A,C,P 三点为顶点的三角形是等腰三角形？若存在，求出点 P 的坐标；若不存在，请说明理由.

3. 如图，在平面直角坐标系中，直线 $y=\dfrac{\sqrt{3}}{3}x-3$ 与抛物线 $y=ax^2-\dfrac{2\sqrt{3}}{3}x+c$ 交于 $B(2\sqrt{3},b)$ ，C 两点，与 x 轴交于点 A.

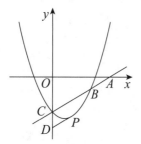

(1) 求抛物线的解析式.

(2) 点 P 是直线 AC 下方抛物线上的一动点，过点 P 作 $PD/\!/AC$ 交 y 轴于点 D，求 $CD+\dfrac{1}{2}PD$ 的最大值及此时点 P 的坐标.

(3) 在 (2) 的条件下，将该抛物线沿射线 AC 方向平移 2 个单位长度，点 M 为平移后的抛物线的对称轴上一点．在平面内确定一点 N，使得 A,P,M,N 为顶点的四边形是菱形，请写出所有满足条件的点 N 的坐标，并写出其中一个点 N 的坐标的求解过程.

4. 已知抛物线 $y=-x^2+bx+c$ 经过点 $A(-1,0)$ 和 $C(0,3)$.

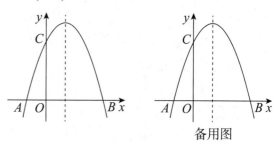

备用图

(1) 求抛物线的解析式；

(2) 在抛物线的对称轴上求一点 P 的坐标，使 $PA+PC$ 的值最小；

(3) 设点 M 在抛物线的对称轴上，当 $\triangle MAC$ 是直角三角形时，求点 M 的坐标.

5. 如图，在平面直角坐标系中，抛物线 $y = ax^2 + bx - 3(a > 0)$ 与 x 轴交于 $A(-1, 0)$，$B(3, 0)$ 两点，与 y 轴交于点 C.

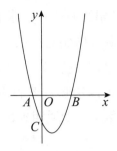

(1) 求抛物线的解析式.

(2) 点 E 为点 B 左侧 x 轴上一动点 (不与原点 O 重合)，点 Q 为抛物线上一动点，是否存在以 CQ 为斜边的等腰 $Rt\triangle CEQ$？若存在，请求出点 E 的坐标；若不存在，请说明理由.

6. 如图，直线 $y = kx$ 与抛物线 $y = x^2 + c$ 交于 A，B 两点，其中点 B 的坐标是 $(2, 2)$.

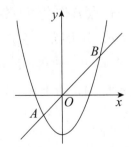

(1) 求直线 AB 及抛物线的解析式；

(2) C 为抛物线上的一点，$\triangle ABC$ 的面积为 3，求点 C 的坐标；

(3) 点 P 在抛物线上，点 Q 在直线 AB 上，点 M 在坐标平面内，当以 A，P，Q，M 为顶点的四边形为正方形时，直接写出点 M 的坐标.

7. 如图，在平面直角坐标系中，一次函数 $y = x - 3$ 的图象与 x 轴交于点 A，与 y 轴交于点 B，二次函数 $y = -x^2 + bx + c$ 的图象经过点 A 和点 $C(0，3)$.

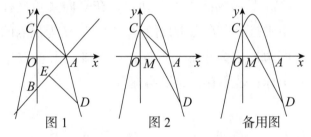

图1　　　　图2　　　　备用图

(1) 求点 B 坐标及二次函数的解析式.

(2) 如图1，平移线段 AC，点 A 的对应点 D 落在二次函数在第四象限的图象上，点 C 的对应点 E 落在直线 AB 上，直接写出四边形 $ACED$ 的形状，并求出此时点 D 的坐标.

(3) 如图2，在 (2) 的条件下，连接 CD，交 x 轴于点 M，点 P 为直线 CD 上方抛物线上一个动点，过点 P 作 $PF \perp x$ 轴，交 CD 于点 F，连接 PC，是否存在点 P，使得以 P，C，F 为顶点的三角形与 $\triangle COM$ 相似？若存在，求出线段 PF 的长度；若不存在，请说明理由.

8. 如图，在平面直角坐标系中，抛物线 $y = ax^2 + bx + c$ 与 x 轴交于 $A(-2, 0)$，$B(8, 0)$ 两点，与 y 轴交于点 C，且 $OC = 2OA$，抛物线的对称轴与 x 轴交于点 D.

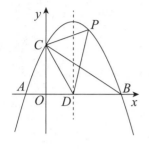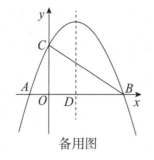

备用图

(1) 求抛物线的解析式.

(2) 点 P 是第一象限内抛物线上位于对称轴右侧的一个动点，设点 P 的横坐标为 m，且 $S_{\triangle CDP} = \dfrac{11}{20} S_{\triangle ABC}$，求 m 的值.

(3) K 是抛物线上一个动点，在平面直角坐标系中是否存在点 H，使 B，C，K，H 为顶点的四边形成为矩形？若存在，直接写出点 H 的坐标；若不存在，说明理由.

中考清

1. （毕节中考）如图，在平面直角坐标系中，抛物线 $y = -x^2 + bx + c$ 与 x 轴交于 A，B 两点，与 y 轴交于点 C，顶点为 $D(2, 1)$，抛物线的对称轴交直线 BC 于点 E.

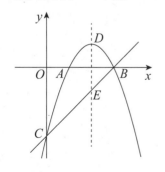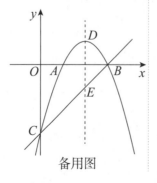

备用图

(1) 求抛物线 $y = -x^2 + bx + c$ 的表达式.

(2) 把上述抛物线沿它的对称轴向下平移，平移的距离为 $h(h > 0)$，在平移过程中，该抛物线与直线 BC 始终有交点，求 h 的最大值.

(3) M 是 (1) 中抛物线上一点，N 是直线 BC 上一点．是否存在以点 D，E，M，N 为顶点的四边形是平行四边形？若存在，求出点 N 的坐标；若不存在，请说明理由.

2. （山西中考）如图，二次函数 $y = -\dfrac{1}{4}x^2 + \dfrac{3}{2}x + 4$ 的图象与 x 轴交于 A，B 两点 (点 A 在点 B 的左侧)，与 y 轴交于点 C，点 P 是第一象限内二次函数图象上的一个动点，设点 P 的横坐标为 m．过点 P 作直线 $PD \perp x$ 轴于点 D，作直线 BC 交 PD 于点 E.

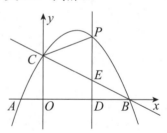

(1) 求 A，B，C 三点的坐标，并直接写出直线 BC 的函数表达式.

(2) 当 $\triangle CEP$ 是以 PE 为底边的等腰三角形时，求点 P 的坐标.

(3) 连接 AC，过点 P 作直线 $l /\!/ AC$，交 y 轴于点 F，连接 DF．试探究：在点 P 运动的过程中，是否存在点 P，使得 $CE = FD$？若存在，请直接写出 m 的值；若不存在，请说明理由.

3. (鞍山中考) 如图 1,抛物线 $y = ax^2 + \dfrac{5}{3}x + c$ 经过点 $(3,1)$,与 y 轴交于点 $B(0,5)$,点 E 为第一象限内抛物线上一动点.

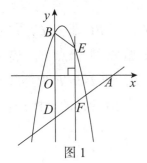 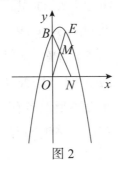

图 1   图 2

(1) 求抛物线的解析式.

(2) 直线 $y = \dfrac{2}{3}x - 4$ 与 x 轴交于点 A,与 y 轴交于点 D,过点 E 作直线 $EF \perp x$ 轴,交 AD 于点 F,连接 BE. 当 $BE = DF$ 时,求点 E 的横坐标.

(3) 如图 2,点 N 为 x 轴正半轴上一点,OE 与 BN 交于点 M. 若 $OE = BN$,$\tan \angle BME = \dfrac{3}{4}$,求点 E 的坐标.

4. (锦州中考) 如图,抛物线 $y = -\sqrt{3}x^2 + bx + c$ 交 x 轴于点 $A(-1,0)$ 和 B,交 y 轴于点 $C(0, 3\sqrt{3})$,顶点为 D.

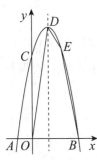 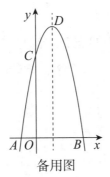

备用图

(1) 求抛物线的表达式.

(2) 若点 E 在第一象限内对称轴右侧的抛物线上,四边形 $ODEB$ 的面积为 $7\sqrt{3}$,求点 E 的坐标.

(3) 在 (2) 的条件下,若点 F 是对称轴上一点,点 H 是坐标平面内一点,在对称轴右侧的抛物线上是否存在点 G,使以 E,F,G,H 为顶点的四边形是菱形,且 $\angle EFG = 60°$?如果存在,请直接写出点 G 的坐标;如果不存在,请说明理由.

5. (无锡中考) 已知二次函数 $y = \dfrac{\sqrt{2}}{2}(x^2 + bx + c)$ 的图象与 y 轴交于点 A,且经过点 $B(4, \sqrt{2})$ 和点 $C(-1, \sqrt{2})$. 📹

(1) 请直接写出 b,c 的值.

(2) 直线 BC 交 y 轴于点 D,点 E 是二次函数 $y = \dfrac{\sqrt{2}}{2}(x^2 + bx + c)$ 图象上位于直线 AB 下方的动点,过点 E 作直线 AB 的垂线,垂足为 F.

①求 EF 的最大值;

②若 $\triangle AEF$ 中有一个内角是 $\angle ABC$ 的两倍,求点 E 的横坐标.

6. （常州中考）如图，二次函数 $y = \dfrac{1}{2}x^2 + bx - 4$ 的图象与 x 轴相交于点 $A(-2, 0)$，B，其顶点是 C。

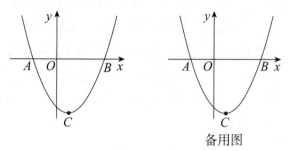

备用图

(1) $b =$ _____.

(2) D 是第三象限抛物线上的一点，连接 OD，$\tan \angle AOD = \dfrac{5}{2}$。将原抛物线向左平移，使得平移后的抛物线经过点 D，过点 $(k, 0)$ 作 x 轴的垂线 l。已知在 l 的左侧，平移前后的两条抛物线都下降，求 k 的取值范围。

(3) 将原抛物线平移，平移后的抛物线与原抛物线的对称轴相交于点 Q，且其顶点 P 落在原抛物线上，连接 PC、QC、PQ。已知 $\triangle PCQ$ 是直角三角形，求点 P 的坐标。

7. （娄底中考）如图，抛物线 $y = x^2 + bx + c$ 过点 $A(-1, 0)$、点 $B(5, 0)$，交 y 轴于点 C。

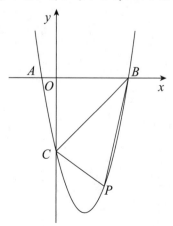

(1) 求 b，c 的值.

(2) 点 $P(x_0, y_0)(0 < x_0 < 5)$ 是抛物线上的动点.

① 当 x_0 取何值时，$\triangle PBC$ 的面积最大？并求出 $\triangle PBC$ 面积的最大值.

② 过点 P 作 $PE \perp x$ 轴，交 BC 于点 E，再过点 P 作 $PF /\!/ x$ 轴，交抛物线于点 F，连接 EF，问：是否存在点 P，使 $\triangle PEF$ 为等腰直角三角形？若存在，请求出点 P 的坐标；若不存在，请说明理由.

8. （攀枝花中考）已知抛物线 $y = -x^2 + bx + c$ 的对称轴为直线 $x = 1$，其图象与 x 轴相交于 A，B 两点，与 y 轴交于点 $C(0, 3)$。

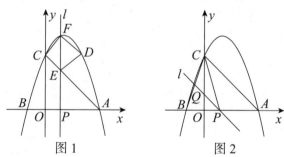

图1　　　　图2

(1) 求 b，c 的值.

(2) 直线 l 与 x 轴交于点 P.

① 如图 1，若 $l /\!/ y$ 轴，且与线段 AC 及抛物线分别相交于点 E，F，点 C 关于直线 $x = 1$ 的对称点为点 D，求四边形 $CEDF$ 面积的最大值；

② 如图 2，若直线 l 与线段 BC 相交于点 Q，当 $\triangle PCQ \backsim \triangle CAP$ 时，求直线 l 的表达式.

第四章 反比例函数

考点 1 反比例函数的概念

笔记清单

● **反比例关系**

一个变化过程中有两个变量 x，y，如果这两个变量的乘积为一个不为 0 的定值，那么我们就说这两个变量成反比例关系.

● **区分正比例关系与反比例关系**

正比例关系：两个变量的商一定；

反比例关系：两个变量的积一定.

● **反比例函数的定义**

1. 解析式形如 $y = \dfrac{k}{x}$ (k 为常数，$k \neq 0$) 的函数，叫做反比例函数.

2. 自变量的取值范围：$x \neq 0$.

3. 反比例函数的解析式不一定都如定义形式，判断一个函数是不是反比例函数，需要看解析式是否能改写为定义中的形式即可.

习题清单

答案 P67

📎 **基础清**

1. 下面的三个问题中都有两个变量：

   ①一个容积固定的游泳池，游泳池注满水的过程中注水速度 y 与所用时间 x；

   ②一个体积固定的长方体，长方体的高 y 与底面积 x；

   ③矩形面积一定时，周长 y 与一边长 x.

   其中，变量 y 与变量 x 之间的函数关系可以利用如图所示的图象表示的是 （　　）

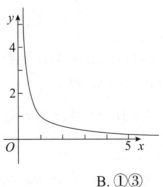

   A. ①②　　　　　　B. ①③

   C. ②③　　　　　　D. ①②③

2. ⊙易错 下列函数中，y 是 x 的反比例函数的个数为 （ ）

①$y = -\dfrac{1}{x}$；②$y = \dfrac{3}{x}$；③$xy = -1$；④$y = 3x$；

⑤$y = \dfrac{2}{x} - 1$；⑥$y = \dfrac{1}{x-1}$.

A. 2   B. 3   C. 4   D. 5

3. 下列四个表格表示的变量关系中，变量 y 是 x 的反比例函数的是 （ ）

$-x$	$\cdots$	-2	-1	-1	-2	$\cdots$
$-y$	$\cdots$	-6	-4	0	-2	$\cdots$

A

x	$\cdots$	-2	-1	1	2	$\cdots$
y	$\cdots$	-6	-3	3	6	$\cdots$

B

x	$\cdots$	-2	-1	1	2	$\cdots$
y	$\cdots$	3	6	-6	-3	$\cdots$

C

x	$\cdots$	-2	-1	1	2	$\cdots$
y	$\cdots$	2	1	-1	-2	$\cdots$

D

4. 在下列函数解析式中，表示 y 是 x 的反比例函数的是 （ ）

A. $y = \dfrac{x}{3}$ B. $y = \dfrac{-3}{x+1}$

C. $y = \dfrac{\sqrt{2}}{x}$ D. $y = \dfrac{x}{2} - 1$

5. 已知 y 与 $x-2$ 成反比例，且比例系数为 $k(k \neq 0)$，若当 $x=3$ 时，$y=4$，则 $k=$ _____.

6. 若 y 与 $\dfrac{1}{x}$ 成正比例关系，z 与 x 成正比例关系，则 y 与 z 成 _____ 关系.

7. 已知反比例函数 $y = -\dfrac{8}{x}$ 的图象经过点 $P(a-1, 2)$，则 $a=$ _____.

8. 已知 $y = y_1 + y_2$，并且 y_1 与 x 成正比例，y_2 与 $x-2$ 成反比例. 当 $x=3$ 时，$y=7$；当 $x=1$ 时，$y=1$. 求 y 关于 x 的函数解析式.

🔖 能力清

1. ☒跨学科 已知压力 F、受力面积 S、压强 p 之间的关系是 $p = \dfrac{F}{S}$，则下列说法不正确的是 （ ）

A. 当压强 p 为定值时，压力 F 与受力面积 S 成正比例关系

B. 当压强 p 为定值时，受力面积 S 越大，压力 F 也越大

C. 当压力 F 为定值时，压强 p 与受力面积 S 成正比例关系

D. 当压力 F 为定值时，压强 p 与受力面积 S 成反比例关系

2. ☒跨学科 杠杆原理也称为"杠杆平衡条件"，要使杠杆平衡，作用在杠杆上的两个力矩（力与力臂的乘积）大小必须相等，即 $F_1 L_1 = F_2 L_2$. 如图，铁架台左侧钩码的个数与位置都不变，在保证杠杆水平平衡的条件下，右侧力 F 与力臂 L 满足的函数关系是 🎥（ ）

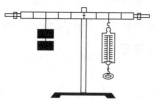

A. 正比例关系   B. 一次函数关系

C. 反比例关系   D. 二次函数关系

3. 平面直角坐标系中，对于不在坐标轴上的点 $P(x_1, y_1)$，$Q(x_2, y_2)$ 两点，规定其坐标"积和"运算为 $P \oplus Q = x_1 y_1 + x_2 y_2$. 若 A，B，C，D 四个点的"积和"运算满足 $A \oplus B = B \oplus C = C \oplus D = D \oplus B$，则以 A，B，C，D 为顶点的四边形不可能是 🎥 （ ）

A. 等腰梯形   B. 平行四边形

C. 矩形   D. 菱形

4. 反比例函数 $y = \dfrac{k}{x}(k \neq 0)$ 的图象经过 $(a, 2)$，$(a+1, 1)$，$(b, 6)$ 三点，则 b 的值为 _____.

5. 反比例函数 $y = \dfrac{1}{2x}$ 的比例系数是 _____.

6. 关系式 $xy+4=0$ 中，y 是 x 的反比例函数吗？若是，比例系数 k 等于多少？若不是，请说明理由.

7. 写出下列问题中两个变量之间的函数关系式，并判断其是不是反比例函数.

　(1) 底边为 3 cm 的三角形的面积 $y(cm^2)$ 随底边上的高 $x(cm)$ 的变化而变化；

　(2) 一艘轮船从相距 200 km 的甲地驶往乙地，轮船的速度 $v(km/h)$ 与航行时间 $t(h)$ 的关系；

　(3) 在检修 100 m 长的管道时，每天能完成 10 m，剩下未检修的管道长 $y(m)$ 随检修天数 x 的变化而变化.

8. 下列哪些式子表示 y 是 x 的反比例函数？为什么？

　(1) $xy=-\dfrac{1}{3}$；

　(2) $y=5-x$；

　(3) $y=\dfrac{-2}{5x}$；

　(4) $y=\dfrac{2a}{x}$（a 为常数，$a\neq 0$）.

中考清

1. （株洲中考）下列哪个点在反比例函数 $y=\dfrac{4}{x}$ 的图象上？　　　　　　（　　）
A. $P_1(1,-4)$　　　　B. $P_2(4,-1)$
C. $P_3(2,4)$　　　　D. $P_4(2\sqrt{2},\sqrt{2})$

2. （贺州中考）在反比例函数 $y=\dfrac{2}{x}$ 中，当 $x=-1$ 时，y 的值为　　　　　（　　）
A. 2　　　　　　　　B. -2
C. $\dfrac{1}{2}$　　　　　　　D. $-\dfrac{1}{2}$

3. ☆ 跨学科 （大连中考）某种蓄电池的电压 U（单位：V）为定值，使用蓄电池时，电流 I（单位：A）与电阻 R（单位：Ω）是反比例函数关系. 当 $R=5$ 时，$I=8$，则当 $R=10$ 时，I 的值是　　　　　　　　　　　（　　）
A. 4　　　B. 5　　　C. 10　　　D. 0

4. ☆ 跨学科 （宜昌中考）已知经过闭合电路的电流 I（单位：A）与电路的电阻 R（单位：Ω）是反比例函数关系. 根据下表判断 a 和 b 的大小关系为　　　　　　（　　）

I/A	5	…	a	…	…	…	b	…	1
R/Ω	20	30	40	50	60	70	80	90	100

A. $a>b$　　　　　　B. $a\geqslant b$
C. $a<b$　　　　　　D. $a\leqslant b$

5. （长沙中考）2019 年 10 月，《长沙晚报》对外发布长沙高铁西站设计方案. 该方案以"三湘四水，杜鹃花开"为设计理念，塑造出"杜鹃花开"的美丽姿态. 该高铁站建设初期需要运送大量土石方. 某运输公司承担了运送总量为 10^6 m³ 土石方的任务，该运输公司平均运送土石方的速度 v（单位：m³/天）与完成运送任务所需的时间 t（单位：天）之间的函数关系式是　　　（　　）
A. $v=\dfrac{10^6}{t}$　　　　　　B. $v=10^6 t$
C. $v=\dfrac{1}{10^6}t^2$　　　　　D. $v=10^6 t^2$

6. （乐山中考）定义：若 x,y 满足 $x^2=4y+t$，$y^2=4x+t$ 且 $x \neq y$（t 为常数），则称点 $M(x,y)$ 为"和谐点"。

(1) 若 $P(3,m)$ 是"和谐点"，则 $m=$ _____。

(2) 若双曲线 $y=\dfrac{k}{x}$（$-3<x<-1$）存在"和谐点"，则 k 的取值范围为 _____。

7. （潍坊中考）某市在盐碱地种植海水稻获得突破性进展，小亮和小莹到海水稻种植基地调研。小莹根据水稻年产量数据，分别在直角坐标系中描出表示 2017—2021 年①号田和②号田年产量情况的点（记 2017 年为第 1 年度，横轴表示年度，纵轴表示年产量），如下图。

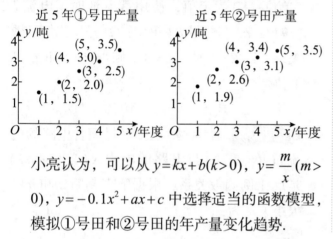

近5年①号田产量　　近5年②号田产量

小亮认为，可以从 $y=kx+b(k>0)$，$y=\dfrac{m}{x}(m>0)$，$y=-0.1x^2+ax+c$ 中选择适当的函数模型，模拟①号田和②号田的年产量变化趋势。

(1) 小莹认为不能选 $y=\dfrac{m}{x}(m>0)$。你认同吗？请说明理由。

(2) 请从小亮提供的函数模型中，选择适当的模型分别模拟①号田和②号田的年产量变化趋势，并求出函数表达式。

(3) 根据 (2) 中你选择的函数模型，请预测①号田和②号田总年产量在哪一年最大？最大是多少？

考点 ❷ 反比例函数的图象与性质

笔记清单

●反比例函数图象的画法

1. 反比例函数的图象不是直线，它是由两支曲线构成的，这两支曲线通常称为双曲线。

2. 反比例函数图象不能像一次函数采用"两点法"作图，也不能像二次函数采用"五点法"作图，作图时选取的点越多，画的图就越准确。

3. 因为自变量不能为 0，所以图象的两个分支是断开的。

4. 画图时注意对称性及延伸性。

●反比例函数的图象与性质

解析式	$y=\dfrac{k}{x}$
x 的取值范围	$x \neq 0$（与 y 轴无交点）
y 的取值范围	$y \neq 0$（与 x 轴无交点）

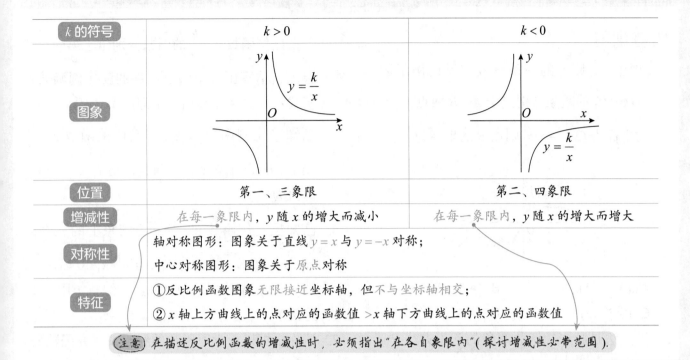

k 的符号	$k > 0$	$k < 0$
图象	$y = \dfrac{k}{x}$	$y = \dfrac{k}{x}$
位置	第一、三象限	第二、四象限
增减性	在每一象限内，y 随 x 的增大而减小	在每一象限内，y 随 x 的增大而增大
对称性	轴对称图形：图象关于直线 $y = x$ 与 $y = -x$ 对称；中心对称图形：图象关于原点对称	
特征	①反比例函数图象无限接近坐标轴，但不与坐标轴相交；②x 轴上方曲线上的点对应的函数值 $> x$ 轴下方曲线上的点对应的函数值	

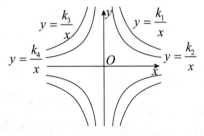 在描述反比例函数的增减性时，必须指出"在各自象限内"（探讨增减性必带范围）．

总结

在反比例函数中，k 的符号、函数图象所经过的象限、函数的增减性，只要知道其中一个，便可推知另外两个，简记为"知一推二"．

● k 的三个作用

1. 确定图象所经过的象限；

2. 确定增减性；

3. $|k|$ 越大，图象离坐标轴越远．

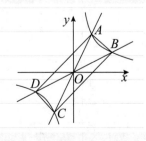

$$|k_1| > |k_2|，\ |k_3| > |k_4| \rightarrow k_1 > k_2 > k_4 > k_3$$

● 反比例函数与正比例函数的关系

1. 反比例函数与正比例函数图象都是中心对称图形，图象上的点都关于原点对称．

   如图，若点 $A(m, n)$，则 $C(-m, -n)$．

2. 反比例函数图象与两条正比例函数图象相交，构成的四边形为平行四边形，即平行四边形 $ABCD$，如图所示．若 $OA = OB$，则平行四边形 $ABCD$ 为矩形．

答案 P69

📘 基础清

1. 如图，过原点的一条直线与反比例函数 $y=\dfrac{k}{x}(k\neq0)$ 的图象分别交于 A，B 两点，若点 A 的坐标为 $(3，-5)$，则点 B 的坐标为 （ ）

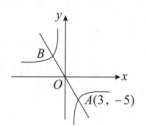

A. $(3，-5)$ B. $(-5，3)$
C. $(-3，5)$ D. $(-5，-3)$

2. 描点法是画未知函数图象的常用方法. 请判断函数 $y=\dfrac{1}{x+1}$ 的图象可能为 （ ）

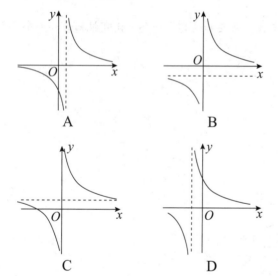

3. 🔖易错 已知矩形 $ABCD$ 的边 $AB=x$，$BC=y$，矩形 $ABCD$ 的面积为 3，则 y 与 x 的函数图象大致是 （ ）

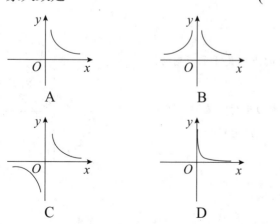

4. 若反比例函数 $y=\dfrac{k}{x}$ 的图象分别位于第一、三象限，请写出一个满足条件的反比例函数解析式：_____（写出一个即可）.

5. 已知正比例函数 $y=k_1x$ 与反比例函数 $y=\dfrac{k_2}{x}$ 交于 $A(x_1，y_1)$，$B(x_2，y_2)$ 两点，则 $x_1+x_2+y_1+y_2$ 的值为_____.

6. 已知反比例函数 $y=\dfrac{-k^2-1}{x}$ 图象上的三个点 $(x_1，y_1)$，$(x_2，y_2)$，$(x_3，y_3)$，其中 $x_1<0<x_2<x_3$，则 y_1，y_2，y_3 的大小关系是_____（用 "<" 连接）.

7. 请你根据以前学习函数的经验，研究函数 $y=\dfrac{6}{|x|-3}$ 的图象和性质并解决相关问题.

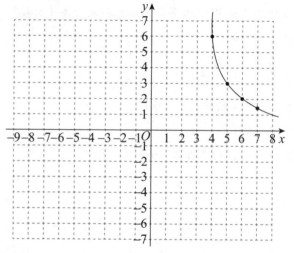

(1) 由数想形：该函数图象关于_____对称，与坐标轴的交点为_____.

(2) 描点画图：

①列表：下表是 x 与 y 的几组对应值，其中 $a=$_____，$b=$_____；

x	$\cdots$	-7	-6	-5	-4	-2	-1	0	1	2	4	5	6	7	$\cdots$
y	$\cdots$	a	2	3	6	-6	-3	b	-3	-6	6	3	2	$\frac{3}{2}$	$\cdots$

②描点：根据表中各组对应值 $(x，y)$，在平面直角坐标系中描出各点；

③连线：用平滑的曲线顺次连接各点，请你把图象补充完整.

(3) 观察你所画的函数图象，解答下列问题：若点 $A(m, c)$，$B(n, c)$ 为该函数图象上不同的两点，则 $m+n=$ _____.

(4) 当 $\dfrac{6}{|x|-3} \geqslant -2$ 时，x 的取值范围为 _____.

8. 已知关于 x 的反比例函数 $y=\dfrac{k+1}{x}$.

(1) 若该函数的图象经过点 $A(2, -2)$，求 k 的值，并在下图所示的平面直角坐标系中画出该函数的图象；

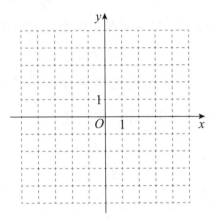

(2) 当 $x>0$ 时，y 随 x 的增大而减小，求 k 的取值范围.

🌊 能力清

1. [易错] 关于函数 $y=\dfrac{-2}{7x}$，下列说法中错误的是 （ ）

A. 函数的图象在第二、四象限

B. y 的值随 x 值的增大而减小

C. 函数的图象与坐标轴没有交点

D. 函数的图象关于原点对称

2. [易错] 若点 $A(-1, y_1)$，$B(2, y_2)$，$C(3, y_3)$ 在反比例函数 $y=-\dfrac{4}{x}$ 的图象上，则 y_1，y_2，y_3

的大小关系是 📹 （ ）

A. $y_1 > y_2 > y_3$ B. $y_1 > y_3 > y_2$

C. $y_2 > y_3 > y_1$ D. $y_3 > y_2 > y_1$

3. 下列关于反比例函数 $y=-\dfrac{4}{x}$ 的说法不正确的是 （ ）

①该函数的图象在第二、四象限；

②$A(x_1, y_1)$，$B(x_2, y_2)$ 两点在该函数图象上，若 $x_1 < x_2$，则 $y_1 < y_2$；

③当 $y>-2$ 时，$x>2$；

④若反比例函数 $y=-\dfrac{4}{x}$ 与一次函数 $y=x+b$ 的图象无交点，则 b 的取值范围是 $-4<b<4$.

A. ①③   B. ①③④

C. ②③   D. ②④

4. 反比例函数 $y=\dfrac{m+3}{x}$ 的图象在第二、四象限，则 m 应满足 _____.

5. 点 $(1, 3)$ 在反比例函数 $y=\dfrac{k}{x}$ 的图象上，则 $k=$ _____，在图象的每一支上，y 随 x 的增大而 _____.

6. 如图，已知函数 $y=-\dfrac{3}{x}$ 与 $y=ax^2+bx(a>0, b>0)$ 的图象交于点 P，点 P 的纵坐标为 1，则关于 x 的不等式 $ax^2+bx+\dfrac{3}{x}<0$ 的解集为 _____.

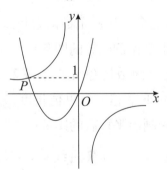

7. 从 -4，-3，-2，-1，0，1，2，3，4 这 9 个数中任意选一个数作为 m 的值，使关于 x 的分式方程 $\dfrac{2x-m}{x+1}=3$ 的解是负数，且使关于 x 的函数 $y=\dfrac{m-3}{x}$ 的图象在每个象限 y 随 x 的增大而增大的概率为 _____. 📹

8. 已知反比例函数 $y = \dfrac{k}{x}(k \neq 0)$，当自变量 x 变为原来的 $\dfrac{1}{n}$（n 为正整数，且 $n \geqslant 2$）时，函数 y 将怎样变化？请说明理由.

9. 已知 $A(m+3, 2)$ 和 $B\left(3, \dfrac{m}{3}\right)$ 是反比例函数 $y = \dfrac{k}{x}$ 图象上的两个点.

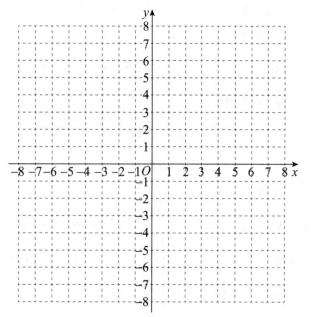

(1) 求出这个反比例函数的解析式，并在图中画出这个反比例函数的图象；

(2) 将这个函数图象先向右平移 2 个单位长度，再向下平移 3 个单位长度，请在同一个坐标系中画出平移后的图象；

(3) 直线 $y = k_1 x$ 与双曲线 $y = \dfrac{k}{x}$ 交于 P，Q 两点，如果线段 PQ 最短，求此时该直线的解析式以及 PQ 的长度.

中考清

1. （娄底中考）用数形结合等思想方法确定二次函数 $y = x^2 + 2$ 的图象与反比例函数 $y = \dfrac{2}{x}$ 的图象的交点的横坐标 x_0 所在的范围是 （　）

A. $0 < x_0 < \dfrac{1}{4}$ B. $\dfrac{1}{4} < x_0 < \dfrac{1}{2}$

C. $\dfrac{1}{2} < x_0 < \dfrac{3}{4}$ D. $\dfrac{3}{4} < x_0 < 1$

2. （郴州中考）在反比例函数 $y = \dfrac{m-3}{x}$ 的图象的每一支曲线上，函数值 y 随自变量 x 的增大而增大，则 m 的取值范围是 _____.

3. （温州中考）已知反比例函数 $y = \dfrac{k}{x}(k \neq 0)$ 的图象的一支如图所示，它经过点 $(3, -2)$.

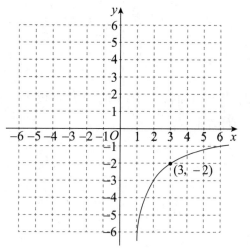

(1) 求这个反比例函数的表达式，并补画该函数图象的另一支；

(2) 求当 $y \leqslant 5$，且 $y \neq 0$ 时自变量 x 的取值范围.

4. （浙江中考）经过实验获得两个变量 $x(x>0)$ ， $y(y>0)$ 的一组对应值如下表.

x	…	1	2	3	4	5	6	…
y	…	6	3	2	1.5	1.2	1	…

(1) 请画出相应函数的图象，并求出函数表达式.

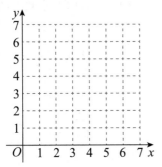

(2) 点 $A(x_1, y_1)$ ， $B(x_2, y_2)$ 在此函数图象上. 若 $x_1 < x_2$ ，则 y_1 ， y_2 有怎样的大小关系？请说明理由.

5. （张家界中考）阅读下面的材料：

如果函数 $y=f(x)$ 满足：对于自变量 x 取值范围内的任意 x_1 ， x_2 ，①若 $x_1<x_2$ ，都有 $f(x_1)<f(x_2)$ ，则称 $f(x)$ 是增函数；②若 $x_1<x_2$ ，都有 $f(x_1)>f(x_2)$ ，则称 $f(x)$ 是减函数.

例题：证明函数 $f(x)=x^2(x>0)$ 是增函数.

证明：任取 $x_1<x_2$ ，且 $x_1>0$ ， $x_2>0$ ，

则 $f(x_1)-f(x_2)=x_1^2-x_2^2=(x_1+x_2)(x_1-x_2)$.

∵ $x_1<x_2$ 且 $x_1>0$ ， $x_2>0$ ，

∴ $x_1+x_2>0$ ， $x_1-x_2<0$.

∴ $(x_1+x_2)(x_1-x_2)<0$ ，

即 $f(x_1)-f(x_2)<0$ ， $f(x_1)<f(x_2)$.

∴ 函数 $f(x)=x^2(x>0)$ 是增函数.

根据以上材料解答下列问题：

(1) 函数 $f(x)=\dfrac{1}{x}(x>0)$ ， $f(1)=\dfrac{1}{1}=1$ ， $f(2)=\dfrac{1}{2}$ ， $f(3)=$ _____ ， $f(4)=$ _____ ；

(2) 猜想 $f(x)=\dfrac{1}{x}(x>0)$ 是 _____（填"增"或"减"）函数，并证明你的猜想.

6. （滨州中考）如图，直线 $y=kx+b(k$ ， b 为常数）与双曲线 $y=\dfrac{m}{x}$ （ m 为常数）相交于 $A(2, a)$ ， $B(-1, 2)$ 两点.

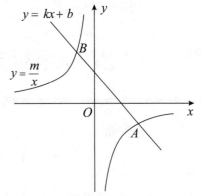

(1) 求直线 $y=kx+b$ 的解析式；

(2) ⊕易错 在双曲线 $y=\dfrac{m}{x}$ 上任取两点 $M(x_1, y_1)$ 和 $N(x_2, y_2)$ ，若 $x_1<x_2$ ，试确定 y_1 和 y_2 的大小关系，并写出判断过程；

(3) 请直接写出关于 x 的不等式 $kx+b>\dfrac{m}{x}$ 的解集.

7. （金华中考）背景：点 A 在反比例函数 $y=\dfrac{k}{x}$ $(k>0)$ 的图象上，$AB\perp x$ 轴于点 B，$AC\perp y$ 轴于点 C，分别在射线 AC，BO 上取点 D，E，使得四边形 $ABED$ 为正方形．如图 1，点 A 在第一象限内，当 $AC=4$ 时，小李测得 $CD=3$．

探究：通过改变点 A 的位置，小李发现点 D，A 的横坐标之间存在函数关系．请帮助小李解决下列问题．📹

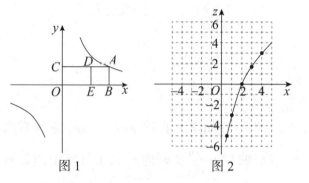

图 1 　　　　图 2

(1) 求 k 的值．

(2) 设点 A，D 的横坐标分别为 x，z，将 z 关于 x 的函数称为"Z 函数"．如图 2，小李画出了 $x>0$ 时"Z 函数"的图象．

①求这个"Z 函数"的表达式；

②补画 $x<0$ 时"Z 函数"的图象，并写出这个函数的性质（两条即可）；

③过点 $(3,2)$ 作一直线，与这个"Z 函数"图象仅有一个交点，求该交点的横坐标．

考点 ③ 反比例函数解析式的确定

笔记清单

● 反比例函数的解析式

1. $y=\dfrac{k}{x}$ $(k\neq 0)$ ←一般形式．

2. $y=kx^{-1}$ $(k\neq 0)$ ←负指数幂形式．

3. $xy=k$ $(k\neq 0)$ ←比例系数 k 的几何意义形式．

● 求反比例函数解析式的六种方法

1. 利用反比例函数定义求解．	4. 利用待定系数法求解．
2. 利用反比例函数性质求解．	5. 利用图形面积求解．
3. 利用反比例函数图象求解．	6. 利用实际问题中的数量关系求解．

● 待定系数法求反比例函数解析式的步骤

1. 设→设反比例函数的解析式为 $y=\dfrac{k}{x}$ $(k\neq 0)$；

2. 列→将已知点的坐标代入所设解析式中，得到分式方程；

3. 解→解所得到的分式方程，得到 k 的值；

4. 代→将 k 的值代入解析式，得到所求的反比例函数解析式．

习题清单

基础清

1. 如果双曲线 $y=\dfrac{k}{x}$ 经过点 $(-1,-6)$，那么此双曲线一定不经过点　　（　）

   A. $(-2,-3)$　　　　　B. $(2,3)$

   C. $(-3,-2)$　　　　　D. $(-3,2)$

2. 若点 $(2,-3)$ 是反比例函数 $y=\dfrac{k}{x}$ 图象上一点，则此函数图象一定经过点　　（　）

   A. $(1,6)$　　　　　B. $(1,-6)$

   C. $(-3,-2)$　　　　　D. $(2,3)$

3. 🔄 跨学科　为烘托节日气氛，社区购买了一批气球，气球内充满了一定质量的气体，当温度不变时，每个气球内气体的气压 p(kPa) 是气球体积 V(m³) 的反比例函数，其图象如图所示．当气球内的气压大于 120 kPa 时，气球将爆炸．为了安全起见，气球的体积最合适的是　　（　）

   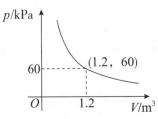

   A. 0.65 m³　　　　　B. 0.6 m³

   C. 0.55 m³　　　　　D. 0.45 m³

4. 如图，在平面直角坐标系中，直线 $y=-x+6$ 与 x 轴、y 轴分别交于 A，B 两点，与双曲线 $y=\dfrac{k}{x}(x>0)$ 的一个交点为点 C．若 $AC=2BC$，则该反比例函数的解析式为　　　　．

   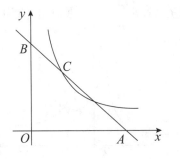

5. 如图，已知点 $A\left(a,-\dfrac{1}{2}a+1\right)$，$B\left(b,-\dfrac{1}{2}b+1\right)$ 是反比例函数 $y=\dfrac{k}{x}$ 图象上的两个点，且 $a<0$，$b>0$，则 $a+b=$　　　　．

   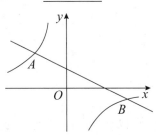

6. 已知 A，B 两点分别在反比例函数 $y=\dfrac{2a+5}{x}$ $\left(a\neq-\dfrac{5}{2}\right)$ 和 $y=\dfrac{3a}{x}(a\neq0)$ 的图象上，若点 A 与点 B 关于 y 轴对称，则 a 的值是　　　　．

7. 如果反比例函数 $y=\dfrac{k}{x}$ 的图象经过点 $(2,\sqrt{3})$，那么直线 $y=kx$ 一定经过点 $(2,$　　　　$)$．

8. 汛期到来，山洪暴发，下表记录了某水库 20 h 内水位的变化情况，其中 x 表示时间（单位：h），y 表示水位高度（单位：m），当 $x=8$(h) 时，达到警戒水位，开始开闸放水．

x/h	0	2	4	6	8	10	12	14	16	18	20
y/m	14	15	16	17	18	14.4	12	10.3	9	8	7.2

   (1) 在给出的平面直角坐标系中，根据表格中的数据画出水位变化图象；

   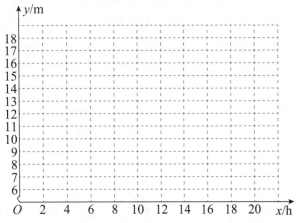

   (2) 请分别求出开闸放水前和放水后最符合表中数据的函数解析式；

(3) 据估计，开闸放水后，水位的这种变化规律还会持续一段时间，预测何时水位达到 6 m．

9. 已知一次函数 $y_1 = \dfrac{1}{2}x + 2$ 与反比例函数 $y_2 = \dfrac{k}{x}$ 的图象交于 $A(2, m)$，B 两点，交 y 轴于点 C.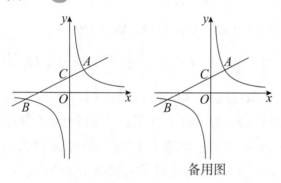

备用图

(1) 求反比例函数的解析式和点 B 的坐标．

(2) 过点 C 的直线交 x 轴于点 E，且与反比例函数图象只有一个交点，求 CE 的长．

(3) 我们把一组邻边垂直且相等、一条对角线平分另一条对角线的四边形叫做"维纳斯四边形"．设点 P 是 y 轴负半轴上一点，点 Q 是第一象限内的反比例函数图象上一点，当四边形 $APBQ$ 是"维纳斯四边形"时，求点 Q 的横坐标 x_Q 的值．

能力清

1. 易错 函数 $y = \dfrac{k}{x}$ 的图象经过点 $(1, -1)$，则函数 $y = \dfrac{k}{x}$ 的图象是 （ ）

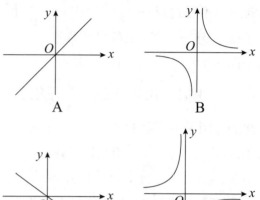

A　　　　　　　B

C　　　　　　　D

2. 如图，在平面直角坐标系中，菱形 $OABC$ 的边 OA 在 x 轴上，$BC = 10$，$\cos\angle COA = \dfrac{4}{5}$．若反比例函数 $y = \dfrac{k}{x}$ $(k > 0, x > 0)$ 经过点 C，则 k 的值等于 （ ）

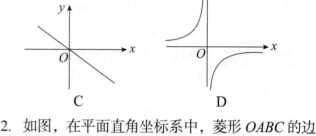

A. 10　　B. 24　　C. 48　　D. 50

3. 如图，点 A 在双曲线 $y = -\dfrac{k}{x}$ $(x < 0)$ 上，连接 OA，作 $OB \perp OA$，交双曲线 $y = \dfrac{8}{x}$ $(x > 0)$ 于点 B，连接 AB. 若 $\dfrac{OA}{AB} = \dfrac{3}{5}$，则 k 的值为 （ ）

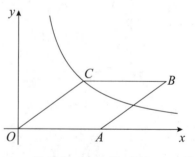

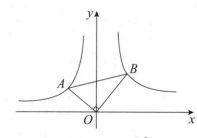

A. 1　　B. 2　　C. $\dfrac{9}{4}$　　D. $\dfrac{9}{2}$

4. 若点 $A(4, 3)$, $B(2, m)$ 在同一个反比例函数的图象上,则 m 的值为_____.

5. 易错 如图,在平面直角坐标系 xOy 中, $\triangle OAB$ 是等边三角形,反比例函数 $y = \dfrac{k}{x}$ 的图象经过点 A ,点 A 坐标为 $(1, \sqrt{3})$.

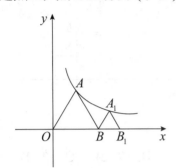

(1) $k = $ _____;

(2) 如果以点 B 为顶点作等边 $\triangle BA_1B_1$,使点 B_1 在 x 轴上,点 A_1 在反比例函数 $y = \dfrac{k}{x}$ 的图象上,则点 A_1 的坐标为_____;

(3) 若要使点 B_1 在反比例函数 $y = \dfrac{k}{x}$ 的图象上,需将 $\triangle BA_1B_1$ 向上平移_____个单位长度.

6. 正比例函数 $y_1 = -2x$ 与反比例函数 $y_2 = \dfrac{k}{x}$ 的图象相交于 A , B 两点,已知点 A 的横坐标为 1 ,当 $y_1 > y_2$ 时, x 的取值范围是_____.

7. ☆ 跨学科 如图,取一根长 100 cm 的均匀木杆,用细绳绑在木杆的中点 O 处并将其吊起来. 在中点 O 的左侧挂一个物体,在中点 O 的右侧用一个弹簧测力计向下拉,使木杆处于水平状态. 根据杠杆原理,当物体保持不动时,弹簧测力计的示数 y (单位:N)是关于 x (弹簧测力计与中点 O 的距离)(单位:cm)的反比例函数,当 $x = 15$ 时, $y = 10$.

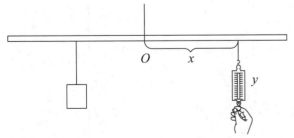

(1) 求 y 关于 x 的函数解析式;

(2) 左侧所挂物体的质量与位置不变,移动弹簧测力计的位置,若木杆仍处于水平状态,求弹簧测力计的示数 y 的最小值.

8. ☆ 跨学科 50 kg 的气体装在体积为 V m³ 的容器中,气体的密度为 ρ kg/m³ . 写出密度与体积间的关系式.

9. 正比例函数 $y = \frac{1}{2}x$ 与反比例函数 $y = \frac{k}{x}$ 的图象交于 $A(-4, a)$ ，B 两点.

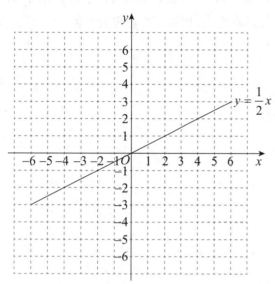

(1) 求 k 的值和点 B 的坐标，并在图中画出反比例函数 $y = \frac{k}{x}$ 的图象.

(2) 在 x 轴上有动点 $P(n, 0)(n > 0)$ ，过点 P 作平行于 y 轴的直线 l ，分别交正比例函数 $y = \frac{1}{2}x$ 和反比例函数的图象于点 M ，N .

①当 $n = 1$ 时，连接 ON ，BN ，求 $\triangle ONB$ 的面积；

②当线段 MN 上（包括端点）只有 1 个整点（横、纵坐标都是整数）时，直接写出 n 的值.

🔖 **中考清**

1. （桂林中考）若点 $A(1, 3)$ 在反比例函数 $y = \frac{k}{x}$ 的图象上，则 k 的值是　　　　（　　）

A. 1　　　　B. 2　　　　C. 3　　　　D. 4

2. （邵阳中考）如图，矩形 $OABC$ 的顶点 B 和正方形 $ADEF$ 的顶点 E 都在反比例函数 $y = \frac{k}{x}$ $(k \neq 0)$ 的图象上，点 B 的坐标为 $(2, 4)$ ，则点 E 的坐标为　　　　　　（　　）

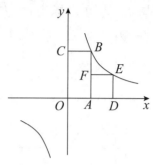

A. $(4, 4)$　　B. $(2, 2)$　　C. $(2, 4)$　　D. $(4, 2)$

3. （深圳中考）如图，在平面直角坐标系中，$ABCO$ 为平行四边形，$O(0, 0)$ ，$A(3, 1)$ ，$B(1, 2)$ ，反比例函数 $y = \frac{k}{x}(k \neq 0)$ 的图象经过 $\square OABC$ 的顶点 C ，则 $k = $ ＿＿＿＿＿．

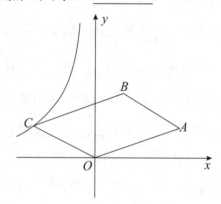

4. （南充中考）如图，反比例函数 $y = \frac{k}{x}(k \neq 0, x > 0)$ 的图象与 $y = 2x$ 的图象相交于点 C ，过直线上点 $A(a, 8)$ 作 $AB \perp y$ 轴交于点 B ，交反比例函数图象于点 D ，且 $AB = 4BD$.

(1) 求反比例函数的解析式；

(2) 求四边形 $OCDB$ 的面积.

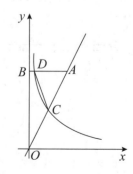

5. (广州中考)如图，平面直角坐标系 xOy 中，▱$OABC$ 的边 OC 在 x 轴上，对角线 AC，OB 交于点 M，函数 $y = \dfrac{k}{x}(x>0)$ 的图象经过点 $A(3, 4)$ 和点 M.

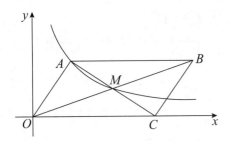

(1) 求 k 的值和点 M 的坐标；

(2) 求 ▱$OABC$ 的周长.

$(x>0)$ 的图象于点 C，点 C 为线段 PD 的中点，点 C 关于直线 $y=x$ 的对称点 C' 的坐标为 $(1, 3)$.

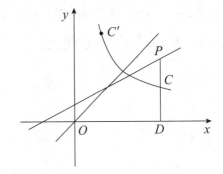

(1) 求 k，m 的值；

(2) 求直线 $y = kx + \dfrac{1}{2}$ 与函数 $y = \dfrac{m}{x}(x>0)$ 图象的交点坐标；

(3) 直接写出不等式 $\dfrac{m}{x} > kx + \dfrac{1}{2}(x>0)$ 的解集.

6. (攀枝花中考)如图，过直线 $y = kx + \dfrac{1}{2}$ 上一点 P 作 $PD \perp x$ 轴于点 D，线段 PD 交函数 $y = \dfrac{m}{x}$

考点 4 反比例函数的应用

笔记清单

● 反比例函数与一次函数的综合应用题型

1. 根据点坐标确定函数解析式.

2. 根据图象比较两个函数值的大小.

3. 求三角形或四边形的面积.

4. 根据几何图形面积或线段长度关系求解函数解析式.

● 反比例函数的实际应用

1. 数学学科应用：常见于行程、工程以及面积公式类问题.

2. 跨学科应用：在物理或化学学科中有很多涉及反比例函数关系的问题.

习题清单

📖 基础清

1. 如图，在同一平面直角坐标系中，函数 $y = ax + a$ 与函数 $y = \dfrac{a}{x}$ 的图象可能是 （ ）

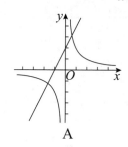
A

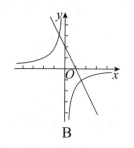
B

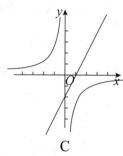
C

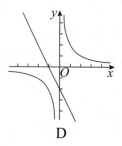
D

2. 已知圆柱的侧面积是 $6\pi\ \text{cm}^2$，若圆柱底面半径为 $x(\text{cm})$，高为 $y(\text{cm})$，则 y 关于 x 的函数图象大致是 （ ）

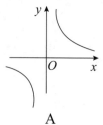
A

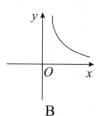
B

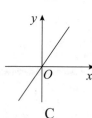
C

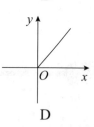
D

3. 菱形的对角线长分别为 x，y，菱形的面积为 4，则 y 与 x 的函数关系式为 （ ）

A. $y = 4 - x$

B. $y = \dfrac{8}{x}$

C. $y = \dfrac{x}{4}$

D. $y = x + 8$

4. 如图，某校园艺社计划利用已有的一堵长为 10 米的墙，用篱笆围一个面积为 12 平方米的矩形园子．设 $AB = x$ 米，$BC = y$ 米，则下列说法正确的是 （ ）

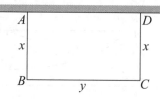

A. y 关于 x 的函数关系式为 $y = \dfrac{6}{x}$

B. 自变量 x 的取值范围为 $x > 0$，且 y 随 x 的增大而减小

C. 当 $y \geqslant 6$ 时，x 的取值范围为 $1.2 \leqslant x \leqslant 2$

D. 当 AB 为 3 米时，BC 长为 6 米

5. 两个函数 $y = ax + b$ 和 $y = \dfrac{c}{x}(a, b, c \neq 0)$ 的图象如图所示，交点坐标为_____，直接写出关于 x 的不等式 $ax + b > \dfrac{c}{x}$ 的解集：_____．

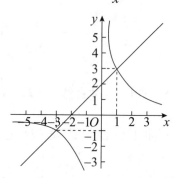

6. 如图，正比例函数 $y = 2x$ 的图象与反比例函数 $y = \dfrac{k}{x}(k \neq 0)$ 的图象在第一象限交于点 A，将线段 OA 沿 x 轴向右平移 3 个单位长度得到线段 $O'A'$，其中点 A 与点 A' 对应，若 $O'A'$ 的中点 B 恰好也在该反比例函数图象上，则 k 的值为_____． 📹

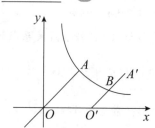

7. 在平面直角坐标系中，一次函数 $y = -\dfrac{3}{4}x + \dfrac{3}{2}$ 的图象与反比例函数 $y = \dfrac{k}{x}(k \neq 0)$ 的图象交于 A，B 两点，其中点 A 坐标为 $(-2, m)$．

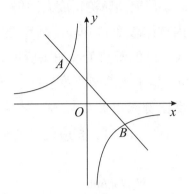

(1) 分别求出 k，m 的值；

(2) 求点 B 的坐标；

(3) 根据图象，直接写出不等式 $-\dfrac{3}{4}x + \dfrac{3}{2} > \dfrac{k}{x}$ 的解集．

8. 🖾 跨学科 如图，某物理实验装置由一个带刻度的无盖圆柱体玻璃筒和一个带托盘的活塞组成，该装置竖直放置时，活塞受到托盘中重物的压力向下压缩装置内的空气．某同学试着放上不同质量的物体，并根据筒侧的刻度记录活塞到筒底的距离，得到下面 5 组数据：

重物质量 m/kg	2	3	4	6	8
活塞到桶底的距离 h/cm	24	16	12	8	6

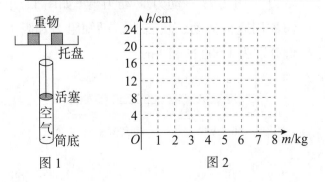

图1　　　　　　图2

(1) 以表中各组数据对应值为点的坐标，在如图直角坐标系中描出相应的点并用光滑的曲线连接．

(2) 能否用学过的函数刻画变量 h 和 m 之间的关系？如果能，请求出 h 关于 m 的解析式；如果不能，请说明理由．

(3) 要使活塞到筒底的距离大于 5 cm，请直接写出在托盘中放入重物的质量 m 的取值范围．

9. 如图，已知直线 $y_1 = x + m$ 与 x 轴、y 轴分别交于点 A，B，与双曲线 $y_2 = \dfrac{k}{x}(x < 0)$ 分别交于点 C，D，且点 C 的坐标为 $(-1, 2)$．

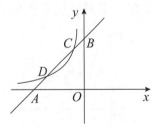

(1) 分别求出直线、双曲线的函数解析式；

(2) 求出点 D 的坐标；

(3) 求 $\triangle DOC$ 的面积．

🔖 能力清

1. 如图，在平面直角坐标系中，反比例函数 $y = -\dfrac{4}{x}(x>0)$ 的图象与一次函数 $y = -x+1$ 的图象交于点 $P(m, n)$，则代数式 $\dfrac{1}{m} + \dfrac{1}{n}$ 的值为 （　　）

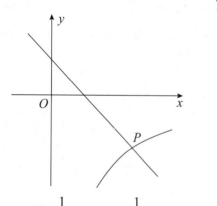

　A. $-\dfrac{1}{4}$　　B. $\dfrac{1}{4}$　　C. $\dfrac{1}{2}$　　D. $-\dfrac{1}{2}$

2. ☆ 跨学科 密闭容器内有一定质量的二氧化碳，当容器的体积 V（单位：m^3）变化时，气体的密度 ρ（单位：kg/m^3）随之变化. 已知密度 ρ 与体积 V 是反比例函数关系，它的图象如图所示，当 $V = 5\ m^3$ 时，$\rho = 1.98\ kg/m^3$. 根据图象可知，下列说法不正确的是 （　　）

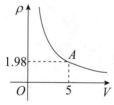

　A. ρ 与 V 的函数关系式是 $\rho = \dfrac{9.9}{V}(V>0)$

　B. 当 $\rho = 9$ 时，$V = 1.1$

　C. 当 $\rho > 5$ 时，$V > 1.98$

　D. 当 $3 < V < 9$ 时，ρ 的变化范围是 $1.1 < \rho < 3.3$

3. 已知一次函数 $y = x - b$ 与反比例函数 $y = \dfrac{2}{x}$ 的图象，有一个交点的纵坐标是 2，则 b 的值为 _____.

4. ☆ 跨学科 某气球内充满了一定质量的气体，当温度不变的条件下，气球内气体的气压 $p(Pa)$ 是气球体积 $V(m^3)$ 的反比例函数，且当

$V = 1.5\ m^3$ 时，$p = 16\,000\ Pa$. 当气球内的气压大于 $40\,000\ Pa$ 时，气球将爆炸，为确保气球不爆炸，气球的体积应不小于 _____ m^3.

5. 我国自主研发多种某病毒有效用药已经用于临床救治. 某研究团队测得成人注射一针某种药物后体内抗体浓度 y（单位：微克/mL）与注射时间 x 天之间的函数关系如图所示（当 $x \leqslant 20$ 时，y 与 x 是正比例函数关系；当 $x > 20$ 时，y 与 x 是反比例函数关系），则体内抗体浓度 y 高于 70 微克/mL 时，相应的自变量 x 的取值范围是 _____.

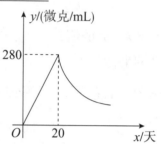

6. 如图，一次函数 $y = -2x + 3$ 的图象交坐标轴于 B，C 两点，交反比例函数 $y = \dfrac{k}{x}$ 图象的一个分支于点 A. 若点 B 恰好是 AC 的中点，则 k 的值是 _____.

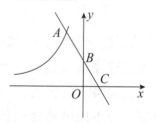

7. ☆ 跨学科 古希腊科学家阿基米德曾说："给我一个支点，我就能撬起整个地球." 后来人们把阿基米德的发现"若杠杆上的两物体与支点的距离与其质量成反比例，则杠杆平衡"归纳为"杠杆原理". 通俗地说，杠杆原理为：阻力 × 阻力臂 = 动力 × 动力臂（如图）. 小伟欲用撬棍撬动一块石头，已知阻力和阻力臂分别为 $1\,000\ N$ 和 $1\ m$.

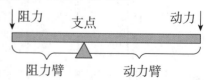

(1) 动力 F 与动力臂 l 有怎样的函数关系? 当动力臂为 2 m 时, 撬动石头至少需要多大的力?

(2) 若想使动力 F 不超过 (1) 中所用力的一半, 则动力臂 l 至少要加长多少?

8. 📐 跨学科 将一长方体放置于一水平玻璃桌面上, 按不同的方式摆放, 记录桌面所受压强与受力面积的关系如下表所示:

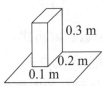

桌面所受压强 p/Pa	300	600	1 000	1 500
受力面积 S/m²	1	0.5	a	0.2

(1) 根据表中数据, 求桌面所受压强 p (Pa) 关于受力面积 S (m) 的函数解析式及 a 的值.

(2) 将另一长、宽、高分别为 0.3 m, 0.2 m, 0.1 m, 且与原长方体相同重量的长方体按如上图所示的方式放置于该水平玻璃桌面上, 若玻璃桌面能承受的最大压强为 12 000 Pa, 这种摆放方式是否安全? 请判断, 并说明理由.

9. 如图, 在平面直角坐标系中, 反比例函数 $y_1 = \dfrac{k}{x}$ 的图象与一次函数 $y_2 = k'x + b$ 的图象交于点 B 和 C, 与一次函数 $y_3 = x + 5$ 的图象交于点 A 和 B, 点 B 的纵坐标是 6, 点 C 的横坐标是 3.

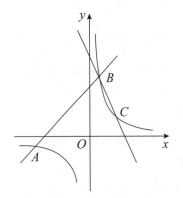

(1) 求反比例函数和直线 BC 的解析式.

(2) 填空:

① 当 $y_1 > y_3$ 时, x 的取值范围是_____;

② 当 $y_2 < y_3$ 时, x 的取值范围是_____.

📘 中考清

1. (河北中考) 某项工作, 已知每人每天完成的工作量相同, 且一个人完成需 12 天. 若 m 个人共同完成需 n 天, 选取 6 组数对 (m, n), 在坐标系中进行描点, 则正确的是 ( )

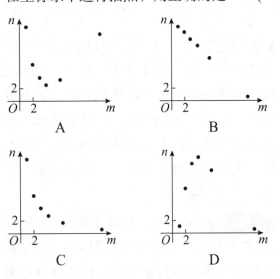

2. （荆州中考）已知：如图，直线 $y_1 = kx + 1$ 与双曲线 $y_2 = \dfrac{2}{x}$ 在第一象限交于点 $P(1, t)$，与 x 轴、y 轴分别交于 A，B 两点，则下列结论错误的是 （ ）

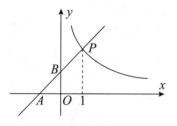

A. $t = 2$

B. $\triangle AOB$ 是等腰直角三角形

C. $k = 1$

D. 当 $x > 1$ 时，$y_2 > y_1$

3. （十堰中考）如图，反比例函数 $y = \dfrac{k}{x}(x > 0)$ 的图象经过点 $A(2, 1)$，过 A 作 $AB \perp y$ 轴于点 B，连接 OA，直线 $CD \perp OA$，交 x 轴于点 C，交 y 轴于点 D，若点 B 关于直线 CD 的对称点 B' 恰好落在该反比例函数图象上，则点 D 纵坐标为 （ ）

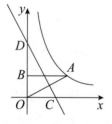

A. $\dfrac{5\sqrt{5} - 1}{4}$　　　　B. $\dfrac{5}{2}$

C. $\dfrac{7}{3}$　　　　D. $\dfrac{5\sqrt{5} + 1}{4}$

4. 🖾 跨学科 （扬州中考）某气球内充满了一定质量的气体，在温度不变的条件下，气球内气体的压强 $p(\text{Pa})$ 是气球体积 $V(\text{m}^3)$ 的反比例函数，且当 $V = 3\ \text{m}^3$ 时，$p = 8\,000\ \text{Pa}$. 当气球内的气体压强大于 $40\,000\ \text{Pa}$ 时，气球将爆炸，为确保气球不爆炸，气球的体积应不小于 _____ m^3.

5. 🖾 跨学科 （温州中考）在温度不变的条件下，通过一次又一次地对汽缸顶部的活塞加压，加压后气体对汽缸壁所产生的压强 $p(\text{kPa})$ 与汽缸内气体的体积 $V(\text{mL})$ 成反比例，p 关于 V 的函数图象如图所示. 若压强由 $75\ \text{kPa}$ 加压到 $100\ \text{kPa}$，则气体体积压缩了 _____ mL. ▣

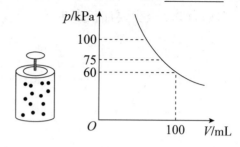

6. （德阳中考）如图，点 A 在反比例函数 $y = \dfrac{k}{x}$ $(k \neq 0)$ 的图象上，点 C 是点 A 关于 y 轴的对称点，$\triangle OAC$ 的面积是 8.

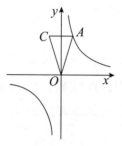

(1) 求反比例函数的解析式；

(2) 当点 A 的横坐标为 2 时，过点 C 的直线 $y = 2x + b$ 与反比例函数的图象相交于点 P，求交点 P 的坐标.

7. （枣庄中考）为加强生态文明建设，某市环保局对一企业排污情况进行检测，结果显示：所排污水中硫化物的浓度超标，即硫化物的浓度超过最高允许的 1.0 mg/L．环保局要求该企业立即整改，在 15 天内（含 15 天）排污达标．整改过程中，所排污水中硫化物的浓度 y(mg/L) 与时间 x(天) 的变化规律如图所示，其中线段 AC 表示前 3 天的变化规律，第 3 天时硫化物的浓度降为 4.5 mg/L．从第 3 天起，所排污水中硫化物的浓度 y 与时间 x 满足下面表格中的关系：

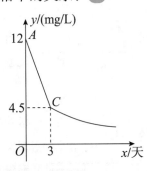

时间 x/ 天	3	5	6	9	…
硫化物的浓度 y/(mg/L)	4.5	2.7	2.25	1.5	…

(1) 在整改过程中，当 $0 \leqslant x < 3$ 时，硫化物的浓度 y 与时间 x 的函数表达式．

(2) 在整改过程中，当 $x \geqslant 3$ 时，硫化物的浓度 y 与时间 x 的函数表达式．

(3) 该企业所排污水中硫化物的浓度能否在 15 天以内不超过最高允许的 1.0 mg/L？为什么？

考点 5　反比例函数最值问题

笔记清单

● 解决最值问题的策略

1. 借助反比例函数图象的对称性转化为特殊位置进行相关计算．

2. 将折线问题转化为"三角形两边之和大于第三边，两边之差小于第三边"问题．

3. 根据题目中的条件构造二次函数，将几何问题转化为求二次函数的最值问题．

● 常见题型

1. 求一条线段长度的最小值．

2. 求两条线段长度之和的最小值．

3. 求两条线段长度之差的最大值．

4. 求四边形周长的最小值．

5. 求两个三角形面积之和的最小值．

6. 求两个三角形面积之差的最小值．

● 常用解题方法

问题	作法	图形	原理
A —————l ·B 在直线 l 上求一点 P，使 $PA+PB$ 最短	连接 AB，与 l 交于点 P，则 $PA+PB$ 最短为 AB		两点之间线段最短
A· ·B —————l 在直线 l 上求一点 P，使 $PA+PB$ 最短	作点 B 关于 l 的对称点 B'，连接 AB'，与 l 交于点 P，则 $PA+PB$ 最短为 AB'		根据轴对称，同侧变异侧；两点之间线段最短
A· ·B —————l 在直线 l 上求一点 P，使 $|PA-PB|$ 的值最大	连接 AB 并延长，与直线 l 的交点即为 P，此时 $|PA-PB|=AB$		三角形任意两边之差小于第三边
A —————l ·B 在直线 l 上求一点 P，使 $|PA-PB|$ 的值最大	作点 B 关于 l 的对称点 B'，连接 AB' 并延长，与 l 的交点即为 P，此时 $|PA-PB|=AB'$		根据轴对称，异侧变同侧；三角形任意两边之差小于第三边
A· ————— m ————— n ·B 直线 $m /\!/ n$，在 m,n 上分别求点 M,N，使 $AM+MN+BN$ 最短	将点 A 向下平移平行线 m,n 间距离的长度得到点 A'，连接 $A'B$，交 n 于点 N，过点 N 作 $NM\perp m$ 于点 M，则 $AM+MN+BN$ 最短为 $A'B+MN$		两点之间线段最短
A· ·B —————l 在直线 l 上求两点 $M,N(M$ 在左$)$，使 $MN=a$，并使 $AM+MN+NB$ 最短	将点 A 向右平移长度 a 得到 A'，作点 A' 关于 l 的对称点 A''，连接 $A''B$，交直线 l 于点 N，将点 N 向左平移长度 a 得到点 M，则 $AM+MN+NB$ 最短为 $A''B+MN$		两点之间线段最短

习题清单

答案 P80

1. 如图，已知 $A\left(\dfrac{1}{3}, y_1\right)$，$B(3, y_2)$ 为反比例函数

   $y=\dfrac{1}{x}$ 图象上的两点，动点 $P(x, 0)$ 在 x 正半

   轴上运动，当线段 AP 与线段 BP 之差达到最

   大时，点 P 的坐标是   ( )

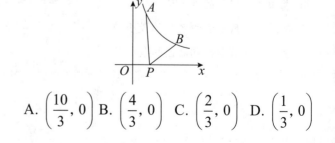

   A. $\left(\dfrac{10}{3}, 0\right)$ B. $\left(\dfrac{4}{3}, 0\right)$ C. $\left(\dfrac{2}{3}, 0\right)$ D. $\left(\dfrac{1}{3}, 0\right)$

2. 如图，在平面直角坐标系中，一次函数 $y=-x+2$ 与两坐标轴分别交于 A，B 两点，C 为线段 AB 的中点，点 P 在反比例函数 $y=\dfrac{4}{x}(x>0)$ 的图象上，则 CP 的最小值为 　　　（　　）

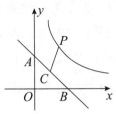

A. 1　　　　B. $\sqrt{2}$　　　C. 2　　　D. $2\sqrt{2}$

3. 如图，在平面直角坐标系中，矩形 $OABC$ 的两边 OC，OA 分别在坐标轴上，且 $OA=2$，$OC=4$，连接 OB. 反比例函数 $y=\dfrac{k_1}{x}(x>0)$ 的图象经过线段 OB 的中点 D，并与 AB，BC 分别交于点 E，F. 一次函数 $y=k_2x+b$ 的图象经过 E，F 两点.

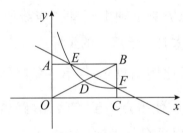

(1) 分别求出一次函数和反比例函数的解析式；
(2) 点 P 是 x 轴上一动点，当 $PE+PF$ 的值最小时，求点 P 的坐标.

4. 如图，矩形 $ABCD$ 的对角线 BD 所在的直线是 $y=\dfrac{1}{2}x+1$，函数 $y=\dfrac{k}{x}$ 在第一象限内的图象与对角线 BD 交于点 $E(2,n)$，与边 CD 交于点 $F(4,m)$，$\triangle DEF$ 的面积为 2.

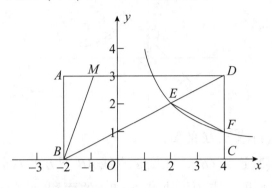

(1) 求点 D 的坐标；
(2) 设 P 是线段 BD 上的点，且满足以 C，D，P 为顶点的三角形与 $\triangle DEF$ 相似，求点 P 的坐标；
(3) 若 M 是边 AD 上的一个动点，将 $\triangle ABM$ 沿 BM 对折成 $\triangle NBM$，求线段 DN 长的最小值.

5. 如图，平面直角坐标系 xOy 中，直线 $y=x+1$ 与双曲线 $y=\dfrac{k}{x}$ 相交于 $A(1,n)$，B 两点，与 y 轴相交于点 C.

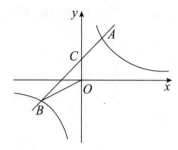

(1) 求 n，k 的值；

(2) 连接 OB，在位于直线 AB 下方的双曲线上找一点 D，使得 $\triangle ABD$ 的面积为 $\triangle OBC$ 的面积的 3 倍，求点 D 的坐标；

(3) 点 E 是 y 轴上使得 $|EB-EA|$ 的值最大的点，点 P 在线段 CE 上运动，过点 P 的直线 $y=ax+b$ 与双曲线相交于 M，N 两点，其中 M 为线段 PN 的中点，求 a 的取值范围.

6. 阅读材料，回答问题.

因式分解：

$$x^2+16x-36 \underset{\text{整式乘除}}{\overset{\text{因式分解}}{\rightleftharpoons}} (x-2)(x+18).$$

我们在解方程 $x^2+16x-36=0$ 时，可以利用因式分解的知识，把原方程化为 $(x-2)(x+18)=0$，可得 $x-2=0$ 或 $x+18=0$，$\therefore x=2$ 或 $x=-18$. 经检验，发现 $x=2$ 或 $x=-18$ 是原方程的解.

如图，直线 AB 与反比例函数 $y=\dfrac{k}{x}(x>0)$ 的图象交于 A，B 两点，已知点 A 的坐标为 $(6，1)$，$\triangle AOB$ 的面积为 8.

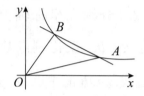

(1) 填空：反比例函数的解析式为＿＿＿＿＿；

(2) 求直线 AB 的函数解析式；

(3) 动点 P 在 y 轴上运动，当线段 PA 与 PB 之差最大时，求点 P 的坐标；

(4) 在反比例函数 $y=\dfrac{k}{x}$ 第三象限的图象上找一点 Q，使得点 Q 到直线 AB 距离最短，请直接写出点 Q 的坐标.

7. 如图，在平面直角坐标系中，双曲线 $y = \dfrac{k}{x}$ $(x > 0)$ 经过 B，C 两点，$\triangle ABC$ 为直角三角形，$AC \parallel x$ 轴，$AB \parallel y$ 轴，$A(8, 4)$，$AC = 3$.

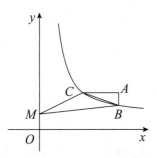

(1) 求反比例函数的解析式及点 B 的坐标.

(2) 点 M 是 y 轴正半轴上的动点，连接 MB，MC.

①求 $MB + MC$ 的最小值；

②点 N 是反比例函数 $y = \dfrac{k}{x}$ $(x > 0)$ 的图象上的一个点，若 $\triangle CMN$ 是以 CN 为直角边的等腰直角三角形，求所有满足条件的点 N 的坐标.

🖋️ 能力清

1. 如图，已知 $A\left(\dfrac{1}{3}, y_1\right)$，$B(3, y_2)$ 为反比例函数 $y = \dfrac{1}{x}$ 图象上的两点，动点 $P(x, 0)$ 在 x 轴正半轴上运动，当线段 AP 与线段 BP 之差达到最大时，点 P 的坐标是 （　　）

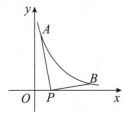

A. $\left(\dfrac{1}{3}, 0\right)$ 　　　　B. $\left(\dfrac{4}{3}, 0\right)$

C. $\left(\dfrac{2}{3}, 0\right)$ 　　　　D. $\left(\dfrac{10}{3}, 0\right)$

2. 在平面直角坐标系 xOy 中，已知点 M，N 的坐标分别为 $(1, 4)$，$(3, 4)$，且点 N 在反比例函数 $y = \dfrac{k}{x}$ 的图象上，以点 O 为位似中心，在 MN 的上方将线段 MN 放大为原来的 $n(n > 1)$ 倍，得到线段 $M'N'$.

(1) k 的值为_____；

(2) 若线段 $M'N'$ 与反比例函数 $y = \dfrac{k}{x}$ 的图象总有交点，则 n 的最大值为_____.

3. 如图，点 P 为函数 $y = \dfrac{36}{x}(x > 0)$ 的图象上一点，$\odot P$ 半径为 2，$A(4, 0)$，$B(8, 0)$，点 Q 是 $\odot P$ 上的动点，点 C 是 QB 的中点，则 AC 的最小值是_____.

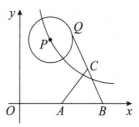

4. 如图，一次函数 $y = -x + 3$ 的图象与反比例函数 $y = \dfrac{k}{x}$（k 为常数，且 $k \neq 0$）的图象交于 $A(1, a)$，B 两点.

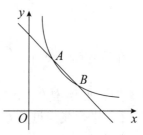

(1) 求该反比例函数的解析式及点 B 的坐标；

(2) 在 y 轴上找一点 P，使得 $PA + PB$ 的值最小，求满足条件的点 P 的坐标及 $\triangle PAB$ 的面积.

5. 如图，点 $A(1，6)$ 和 $B(n，2)$ 是一次函数 $y_1 = kx+b$ 的图象与反比例函数 $y_2 = \dfrac{m}{x}(x>0)$ 的图象的两个交点，连接 OA，OB，一次函数与 x 轴交于点 C.

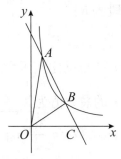

(1) 求一次函数与反比例函数的解析式；

(2) 求 $\triangle AOB$ 的面积；

(3) 设点 P 是 y 轴上的一个动点，当 $\triangle PAB$ 的周长最小时，直接写出点 P 的坐标.

6. 如图，点 A 在反比例函数 $y = \dfrac{k}{x}(x>0)$ 的图象上，$AB \perp x$ 轴，垂足为 $B(2，0)$，点 $C(6，0)$，过点 B 作 OA 的平行线与过点 C 的 x 轴的垂线交于点 D，CD 与双曲线交于点 E，$S_{\triangle AOB}=3$.

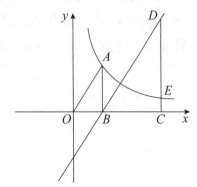

(1) 求反比例函数 $y = \dfrac{k}{x}(x>0)$ 和直线 BD 的函数解析式；

(2) 求 DE 的长；

(3) 若 F 为 x 轴上的一个动点，当 $FA+FD$ 最小时，求点 F 的坐标.

7. 如图，直线 $y = kx+2$ 与 x 轴、y 轴分别交于点 $A(-1，0)$ 和点 B，与反比例函数 $y = \dfrac{m}{x}$ 的图象在第一象限内交于点 $C(1，n)$.

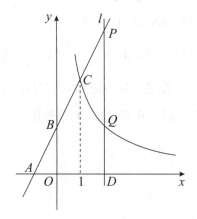

(1) 求一次函数 $y = kx+2$ 与反比例函数 $y = \dfrac{m}{x}$ 的解析式.

(2) 过 x 轴上的点 $D(a，0)(a>1)$ 作平行于 y 轴的直线 l，分别与直线 $y = kx+2$ 和双曲线 $y = \dfrac{m}{x}$ 交于 P，Q 两点，且 $PQ=2QD$，求 $\tan \angle PAQ$ 的值.

(3) 在 (2) 的条件下，在直线 $y = -x$ 上寻求一点 M，使 $AM+QM$ 的值最小；在直线 $y = -x$ 上寻求点 N，使 $|AN-QN|$ 的值最大. 请求出 MN 的长度.

中考清

1. （大庆中考）已知反比例函数 $y = \dfrac{k}{x}$ 和一次函数 $y = x - 1$，其中一次函数图象过 $(3a, b)$，$\left(3a + 1, b + \dfrac{k}{3}\right)$ 两点.

(1) 求反比例函数的解析式.

(2) 如图，函数 $y = \dfrac{1}{3}x, y = 3x$ 的图象分别与函数 $y = \dfrac{k}{x} (x > 0)$ 图象交于 A，B 两点，在 y 轴上是否存在点 P，使得 $\triangle ABP$ 周长最小？若存在，求出周长的最小值；若不存在，请说明理由.

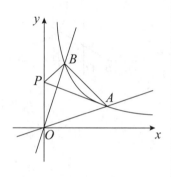

2. （宜宾中考）如图，在平面直角坐标系 xOy 中，等腰直角三角形 ABC 的直角顶点 $C(3, 0)$，顶点 A，$B(6, m)$ 恰好落在反比例函数 $y = \dfrac{k}{x}$ 第一象限的图象上.

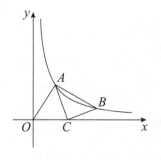

(1) 分别求反比例函数的表达式和直线 AB 所对应的一次函数的表达式.

(2) 在 x 轴上是否存在一点 P，使 $\triangle ABP$ 周长的值最小？若存在，求出最小值；若不存在，请说明理由.

3. （苏州中考）如图，一次函数 $y = 2x$ 的图象与反比例函数 $y = \dfrac{k}{x} (x > 0)$ 的图象交于点 $A(4, n)$. 将点 A 沿 x 轴正方向平移 m 个单位长度得到点 B，D 为 x 轴正半轴上的点，点 B 的横坐标大于点 D 的横坐标，连接 BD，BD 的中点 C 在反比例函数 $y = \dfrac{k}{x} (x > 0)$ 的图象上.

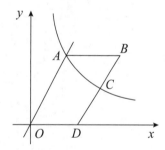

(1) 求 n, k 的值.

(2) 当 m 为何值时，$AB \cdot OD$ 的值最大？最大值是多少？

4. （西藏中考）如图，一次函数 $y = x + 2$ 与反比例函数 $y = \dfrac{a}{x}$ 的图象相交于 A，B 两点，且点 A 的坐标为 $(1, m)$，点 B 的坐标为 $(n, -1)$.

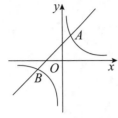

(1) 求 m, n 的值和反比例函数的解析式；

(2) 点 A 关于原点 O 的对称点为 A'，在 x 轴上找一点 P，使 $PA' + PB$ 最小，求出点 P 的坐标.

5. （徐州中考）如图，一次函数 $y = kx + b(k > 0)$ 的图象与反比例函数 $y = \dfrac{8}{x}(x > 0)$ 的图象交于点 A，与 x 轴交于点 B，与 y 轴交于点 C，$AD \perp x$ 轴于点 D，$CB = CD$，点 C 关于直线 AD 的对称点为点 E.

(1) 点 E 是否在这个反比例函数的图象上？请说明理由.

(2) 连接 AE, DE，若四边形 $ACDE$ 为正方形，

① 求 k，b 的值；

② 若点 P 在 y 轴上，当 $|PE - PB|$ 最大时，求点 P 的坐标.

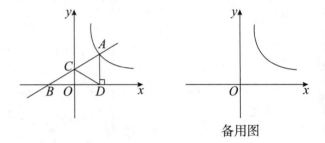

备用图

考点 6 反比例函数与图形面积

笔记清单

● k 的几何意义

1. 基本图形:

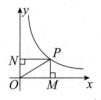

$$S_{\triangle OPM} = S_{\triangle OPN} = \frac{|k|}{2} \qquad S_{矩形OMPN} = |k|$$

2. 面积相等:

  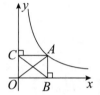 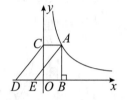

$$S_{\triangle AOC} = S_{\triangle BOD} = \frac{|k|}{2} \qquad S_{矩形ACOE} = S_{矩形BDOF} = |k| \qquad S_{\triangle CAB} = S_{\triangle OAB} = \frac{|k|}{2} \qquad S_{\square ACDE} = S_{矩形OBAC} = |k|$$

3. 面积差:

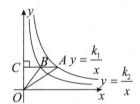 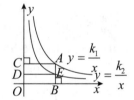 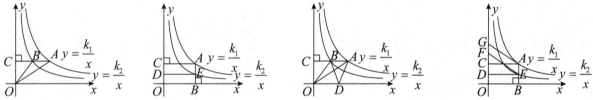 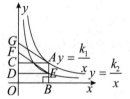

$$S_{\triangle AOB} = \frac{|k_1| - |k_2|}{2} \qquad S_{矩形ACDE} = |k_1| - |k_2| \qquad S_{\triangle ADB} = S_{\triangle AOB} = \frac{|k_1| - |k_2|}{2} \qquad S_{\square AEFG} = S_{矩形AEDC} = |k_1| - |k_2|$$

4. 面积和:

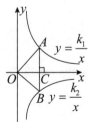 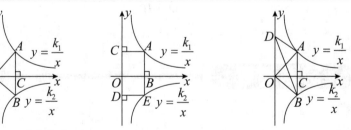 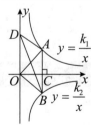 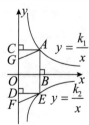

$$S_{\triangle AOB} = \frac{|k_1| + |k_2|}{2} \qquad S_{矩形ACDE} = |k_1| + |k_2| \qquad S_{\triangle ADB} = S_{\triangle AOB} = \frac{|k_1| + |k_2|}{2} \qquad S_{\square AEFG} = S_{矩形AEDC} = |k_1| + |k_2|$$

5. 图象上两点和原点构成的三角形：

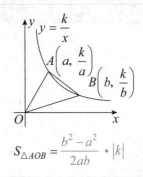

$$S_{\triangle AOB} = \frac{b^2 - a^2}{2ab} \cdot |k|$$

● 反比例函数的二级结论

1. 比例模型：

已知 Rt$\triangle AOB$ 交反比例函数的图象于 C，D 两点，

结论：$\dfrac{BD}{AB} = \left(\dfrac{OC}{OA}\right)^2$.

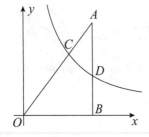

2. 相等模型：

已知直线 AB 与反比例函数 $y = \dfrac{k}{x}$ 的图象交于 I，H

两点，结论：$AI = BH$.

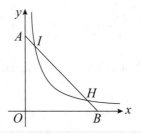

3. 一线三垂直模型：

已知两反比例函数图象上分别有一点 A 和一点 B，

且 $OA \perp OB$，结论：$\dfrac{OA}{OB} = \sqrt{\dfrac{|k_1|}{|k_2|}}$.

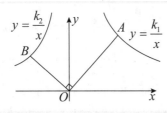

4. 中点模型：

若 $AG = BG$，则① $OH = HI = BI$；② $|k| = \dfrac{2}{3}S_{\triangle AOB}$.

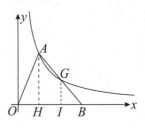

习题清单

答案 P87

📝 基础清

1. 如图，已知双曲线 $y = \dfrac{k}{x}(k < 0)$ 经过 Rt$\triangle OAB$

斜边 OA 的中点 D，且与直角边 AB 相交于点

C．若点 A 的坐标为 $(-6, 4)$，则 $\triangle AOC$ 的面

积为 　　　　　　　　　　　　　　　（　　）

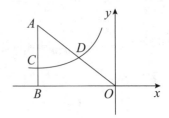

A. $\dfrac{9}{2}$　　　　B. 6　　　　C. 9　　　　D. 10

2. 如图，边长为 4 的正方形 $OABC$ 的两边在坐标轴上，反比例函数 $y=\dfrac{k}{x}(x>0)$ 的图象与正方形两边相交于点 D, E, 点 D 是 BC 的中点，则 $S_{四边形\ BDOE}$ 为 （ ）

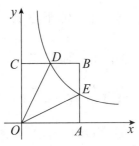

A. 6　　　B. 7　　　C. 8　　　D. 9

3. 如图，点 P 是反比例函数 $y=\dfrac{k}{x}(k\neq0)$ 图象上的一点. 由点 P 分别向 x 轴、y 轴作垂线段，与坐标轴围成的矩形面积为 6，则这个反比例函数的解析式是 （ ）

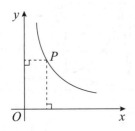

A. $y=-\dfrac{12}{x}$ 　　　B. $y=\dfrac{12}{x}$

C. $y=-\dfrac{6}{x}$ 　　　D. $y=\dfrac{6}{x}$

4. 如图，在 x 轴的正半轴上依次截取 $OA_1=A_1A_2=A_2A_3$, 过点 A_1, A_2, A_3 分别作 x 轴的垂线，与反比例函数 $y=\dfrac{2}{x}(x>0)$ 的图象相交于点 P_1, P_2, P_3, 得 $\triangle OA_1P_1$, $\triangle A_1A_2P_2$, $\triangle A_2A_3P_3$, 并设其面积分别为 S_1, S_2, S_3, 依此类推，则 $S_{2\ 024}$ 的值为 （ ）

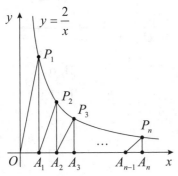

A. $\dfrac{1}{1\ 012}$ 　　　B. $\dfrac{1}{2\ 023}$

C. $\dfrac{1}{2\ 024}$ 　　　D. $\dfrac{1}{2\ 025}$

5. 如图，点 A, B 都在反比例函数 $y=\dfrac{k}{x}$ 的图象上，AB 的延长线交 x 轴于点 C. 已知 $AB=BC$, $\triangle AOC$ 的面积为 6，则 k 的值为 （ ）

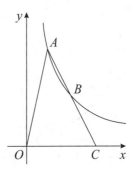

A. 2　　　B. 3　　　C. 4　　　D. 5

6. 两个反比例函数 C_1: $y=\dfrac{2}{x}$ 和 C_2: $y=\dfrac{1}{x}$ 在第一象限内的图象如图所示，设点 P 在 C_1 上，$PC\perp x$ 轴于点 C, 交 C_2 于点 A, $PD\perp y$ 轴于点 D, 交 C_2 于点 B, 则四边形 $PAOB$ 的面积为 （ ）

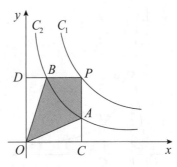

A. 1　　　B. 2　　　C. 3　　　D. 4

7. 如图，点 A 是反比例函数 $y=\dfrac{k}{x}$ 的图象上的一点，过点 A 作 $AB\perp x$ 轴，垂足为 B, 点 C 为 y 轴上的一点，连接 AC, BC, 若 $\triangle ABC$ 的面积为 5，则 k 的值是 _____.

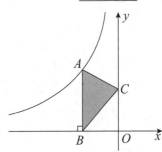

8. 如图，在平面直角坐标系中，直线 AB 经过点 $A(8, 0)$，$B(0, 6)$，反比例函数 $y = \dfrac{k}{x}$ 的图象与直线 AB 交于 C，D 两点，分别连接 OC，OD，当 $\triangle AOC$，$\triangle COD$，$\triangle DOB$ 的面积相等时，则 $k =$ _____.

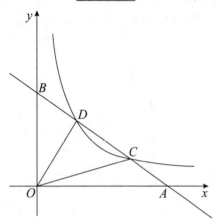

9. 如图，一次函数 $y = kx + b(k \neq 0)$ 与反比例函数 $y = \dfrac{m}{x}(m \neq 0, x > 0)$ 的图象交于 $A(1, 6)$，$B(3, n)$ 两点，$AE \perp x$ 轴于点 E，$BC \perp x$ 轴于点 C.

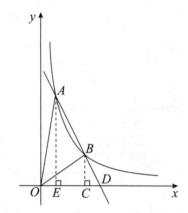

(1) 求反比例函数和一次函数的解析式；

(2) 根据图象直接写出 $kx + b > \dfrac{m}{x}(x > 0)$ 时的 x 的取值范围；

(3) 求 $\triangle AOB$ 的面积.

能力清

1. 如图是反比例函数 $y = \dfrac{2}{x}$ 和 $y = \dfrac{a}{x}(a > 0, a$ 为常数$)$ 在第一象限内的图象，点 M 在 $y = \dfrac{a}{x}$ 的图象上，$MC \perp x$ 轴于点 C，交 $y = \dfrac{2}{x}$ 的图象于点 A，$MD \perp y$ 轴于点 D，交 $y = \dfrac{2}{x}$ 的图象于点 B，当点 M 在 $y = \dfrac{a}{x}$ 的图象上运动时，以下结论：① $\triangle OBD$ 与 $\triangle OCA$ 的面积相等；② 四边形 $OAMB$ 的面积不变；③ 当点 A 是 MC 的中点时，则点 B 是 MD 的中点，其中不正确结论的个数是 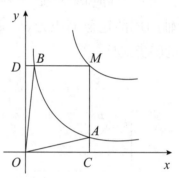 （　　）

A. 0　　　　　　　　B. 1
C. 2　　　　　　　　D. 3

2. 如图，$\square AOBC$ 的顶点 B 在 x 轴正半轴上，点 A 与 BC 的中点 D 都在反比例函数 $y = \dfrac{k}{x}$ $(x > 0)$ 的图象上，若 $\square AOBC$ 的面积为 12，则 k 的值为 （　　）

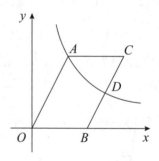

A. 4　　　　　　　　B. 6
C. 8　　　　　　　　D. 12

3. 如图，点 A 是反比例函数 $y = \dfrac{k}{x}$ $(x<0)$ 的图象上的一点，点 B 在 x 轴的负半轴上且 $AO=AB$. 若 $\triangle ABO$ 的面积为 4，则 k 的值为 （ ）

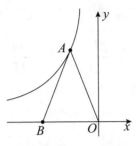

A. 2   B. 4   C. −2   D. −4

4. 如图，在一次数学实践课中，某同学将一块直角三角形纸片 $(\angle ABC=90°$，$\angle ACB=60°)$ 的三个顶点放置在反比例函数 $y = \dfrac{2}{x}$ 的图象上，且 AC 过点 O，点 D 是 BC 边上的中点，则 $S_{\triangle AOD} = $ _____.

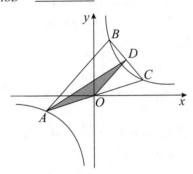

5. 如图，正比例函数 $y = kx(k>0)$ 的图象与反比例函数 $y_1 = \dfrac{1}{x}$，$y_2 = \dfrac{2}{x}$，$\cdots$，$y_{2\,015} = \dfrac{2\,015}{x}$ 的图象在第一象限内分别交于点 A_1，A_2，$\cdots$，$A_{2\,015}$，点 B_1，B_2，$\cdots$，$B_{2\,014}$ 分别在反比例函数 $y_1 = \dfrac{1}{x}$，$y_2 = \dfrac{2}{x}$，$\cdots$，$y_{2\,014} = \dfrac{2\,014}{x}$ 的图象上，且 $A_2 B_1$，$A_3 B_2$，$\cdots$，$A_{2\,015} B_{2\,014}$ 分别与 y 轴平行，连接 OB_1，OB_2，$\cdots$，$OB_{2\,014}$，则 $\triangle OA_2 B_1$，$\triangle OA_3 B_2$，$\cdots$，$\triangle OA_{2\,015} B_{2\,014}$ 的面积之和为 _____.

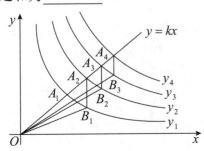

6. 如图，在反比例函数 $y = \dfrac{4}{x}$ $(x>0)$ 的图象上，有点 P_1，P_2，P_3，P_4，$\cdots$，点 P_1 横坐标为 2，且后面每个点的横坐标与它前面相邻点的横坐标的差都是 2，过点 P_1，P_2，P_3，P_4，$\cdots$ 分别作 x 轴、y 轴的垂线，图中所构成的阴影部分的面积从左到右依次为 S_1，S_2，S_3，$\cdots$，则 $S_1 + S_2 + S_3 + \cdots + S_n = $ _____.

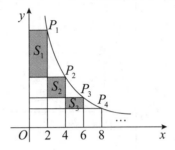

7. 如图，双曲线 $y = \dfrac{k}{x}$ $(x<0)$ 与矩形 $AOCB$ 的边 AB，BC 分别交于点 E，F，OA，OC 在坐标轴上，$BE=2AE$ 且 $S_{\text{四边形 } OEBF} = 2$，则 $k = $ _____.

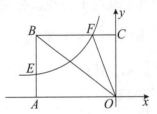

8. 如图，A，D 关于原点对称，B 为反比例函数 $y = \dfrac{k}{x}$ 图象上异于点 D 的一个点. 过点 D 作 DC 垂直于 y 轴于点 C.

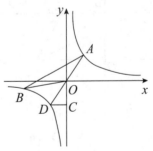

(1) 若点 D 的坐标为 $(-2，-3)$，则点 A 的坐标为 _____；

(2) 若 $\triangle ODC$ 的面积为 2，则 k 的值为 _____；

(3) 在 (1) 的条件下，若点 B 的纵坐标为 -1，求 $\triangle ABO$ 的面积.

📝 **中考清**

1. (湘西州中考) 如图，点 A 在函数 $y = \dfrac{2}{x}(x>0)$ 的图象上，点 B 在函数 $y = \dfrac{3}{x}(x>0)$ 的图象上，且 $AB /\!/ x$ 轴，$BC \perp x$ 轴于点 C，则四边形 $ABCO$ 的面积为 （   ）

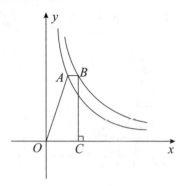

　A. 1　　　　　　　　　B. 2
　C. 3　　　　　　　　　D. 4

2. (张家界中考) 如图所示，过 y 轴正半轴上的任意一点 P 作 x 轴的平行线，分别与反比例函数 $y = -\dfrac{6}{x}$ 和 $y = \dfrac{8}{x}$ 的图象交于点 A 和点 B，若点 C 是 x 轴上任意一点，连接 AC, BC，则 $\triangle ABC$ 的面积为 （   ）

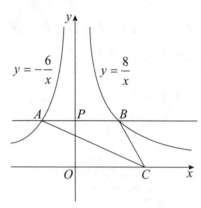

　A. 6　　　　　　　　　B. 7
　C. 8　　　　　　　　　D. 14

3. (宜宾中考) 如图，在平面直角坐标系 xOy 中，点 A, B 分别在 y, x 轴上，$BC \perp x$ 轴. 点 M, N 分别在线段 BC, AC 上，$BM = CM$，$NC = 2AN$，反比例函数 $y = \dfrac{k}{x}(x>0)$ 的图象经过 M, N 两点，P 为 x 正半轴上一点，且 $OP : BP = 1 : 4$，$\triangle APN$ 的面积为 3，则 k 的值为 📹 （   ）

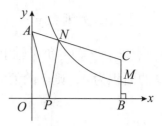

　A. $\dfrac{45}{4}$　　B. $\dfrac{45}{8}$　　C. $\dfrac{144}{25}$　　D. $\dfrac{72}{25}$

4. (株洲中考) 如图所示，矩形 $ABCD$ 顶点 A，D 在 y 轴上，顶点 C 在第一象限，x 轴为该矩形的一条对称轴，且矩形 $ABCD$ 的面积为 6. 若反比例函数 $y = \dfrac{k}{x}$ 的图象经过点 C，则 k 的值为 _____.

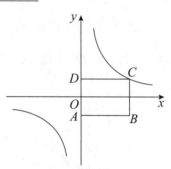

5. (常德中考) 如图，若反比例函数 $y = \dfrac{k}{x}(x<0)$ 的图象经过点 A，$AB \perp x$ 轴于 B，且 $\triangle AOB$ 的面积为 6，则 $k =$ _____.

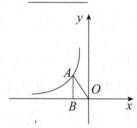

6. (铜仁中考) 如图，点 A, B 在反比例函数 $y = \dfrac{k}{x}$ 的图象上，$AC \perp y$ 轴，垂足为 D，$BC \perp AC$. 若四边形 $AOBC$ 的面积为 6，$\dfrac{AD}{AC} = \dfrac{1}{2}$，则 k 的值为 _____.

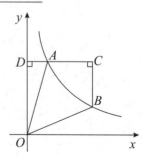

7. (潍坊中考)如图，在直角坐标系中，O 为坐标原点，$y = \dfrac{a}{x}$ 与 $y = \dfrac{b}{x}(a>b>0)$ 在第一象限的图象分别为曲线 C_1，C_2，点 P 为曲线 C_1 上的任意一点，过点 P 作 y 轴的垂线交 C_2 于点 A，作 x 轴的垂线交 C_2 于点 B，则阴影部分的面积 $S_{\triangle AOB} = $ _____(结果用 a，b 表示).

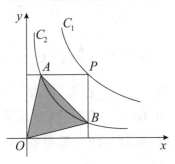

8. (吉林中考)如图，在平面直角坐标系中，O 为坐标原点，点 A，B 在函数 $y = \dfrac{k}{x}(x>0)$ 的图象上 (点 B 的横坐标大于点 A 的横坐标)，点 A 的坐标为 $(2, 4)$，过点 A 作 $AD \perp x$ 轴于点 D，过点 B 作 $BC \perp x$ 轴于点 C，连接 OA，AB.

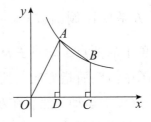

(1) 求 k 的值；
(2) 若 D 为 OC 中点，求四边形 $OABC$ 的面积.

考点 7　反比例函数动点问题

笔记清单

● **动点问题的求解思路**

解决动点问题的基本思路就是变"动"为"静"，要用"静"去理解"动". 在动点问题中判断几何图形，可根据已知的一个条件，再找另一个条件，同时要注意分类讨论.

习题清单

答案 P90

📖 基础清

1. 如图，已知动点 P 在反比例函数 $y = -\dfrac{2}{x}(x<0)$ 的图象上，$PA \perp x$ 轴于点 A，动点 B 在 y 轴正半轴上，当点 A 的横坐标逐渐变小时，$\triangle PAB$ 的面积将会 (　　)

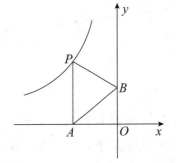

A. 越来越小　　　　B. 越来越大
C. 不变　　　　　　D. 先变大后变小

2. 如图，A，B 是反比例函数 $y = \dfrac{k}{x}(k > 0)$ 在第一象限图象上的两点，动点 P 从坐标原点 O 出发，沿图中箭头所指方向匀速运动，即点 P 先在线段 OA 上运动，然后在双曲线上由 A 到 B 运动，最后在线段 BP 上运动，最终回到点 O. 过点 P 作 $PM \perp x$ 轴，垂足为点 M，设 $\triangle POM$ 的面积为 S，点 P 的运动时间为 t，则 S 关于 t 的函数图象大致为 📹 （　　）

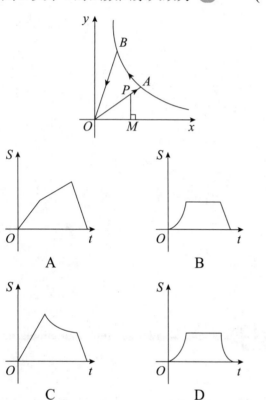

3. 🔴易错 如图，已知点 $M(1, 2)$，$N(5, n)(n > 0)$，点 P 为线段 MN 上的一个动点，反比例函数 $y = \dfrac{k}{x}$（k 为常数，$x > 0$）的图象经过点 P.

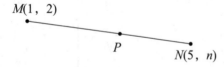

(1) 当点 P 与点 M 重合时，$k = $ _____；

(2) 若点 P 与点 N 重合时，$k = 10$，此时点 Q 到直线 MN 的距离为 _____.

4. 如图，在平面直角坐标系中，点 A，B 的坐标分别为 $(-1, 3)$，$(-5, 1)$，C 是线段 AB 上的

动点，且反比例函数 $y = \dfrac{k}{x}(x < 0)$ 的图象经过点 C.

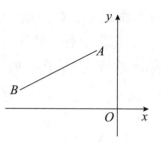

(1) 在反比例函数 $y = \dfrac{k}{x}(x < 0)$ 的图象中，y 随 x 的增大而 _____（填"增大"或"减小"）；

(2) 当 C 为 AB 的中点时，k 的值为 _____；

(3) 当点 C 在线段 AB 上运动时，k 的取值范围是 _____.

5. 如图，点 $A(a, 2)$ 在反比例函数 $y = \dfrac{4}{x}$ 的图象上，$AB /\!/ x$ 轴，且交 y 轴于点 C，交反比例函数 $y = \dfrac{k}{x}$ 的图象于点 B，已知 $AC = 2BC$.

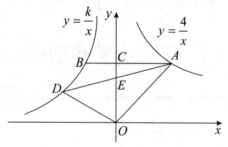

(1) 求反比例函数 $y = \dfrac{k}{x}$ 的解析式；

(2) 点 D 为反比例函数 $y = \dfrac{k}{x}$ 图象上一动点，连接 AD 交 y 轴于点 E，当 E 为 AD 中点时，求 $\triangle OAD$ 的面积.

6. 在平面直角坐标系 xOy 中，点 C 的坐标为 $(2, 4)$，点 B, D 在直线 $y = -\frac{4}{3}x$ 上（点 B 在第二象限），点 P 是反比例函数 $y = \frac{20}{x}(x > 0)$ 图象上一动点，$PA \perp x$ 轴于点 A.

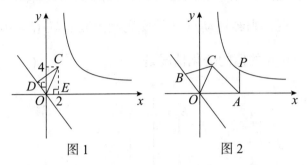

图 1   图 2

(1) 如图 1，若点 D 的纵坐标为 $\frac{8}{5}$，判断 $\triangle OCD$ 的形状，并说明理由；

(2) 如图 2，在直线 $y = -\frac{4}{3}x$ 截取 $OB = PA$，连接 AC, BC, OC，求证：$\triangle OBC \backsim \triangle OCA$；

(3) 在 (2) 的条件下，当点 P 运动时，请直接回答 $\angle BCA$ 的度数是否发生变化？

7. 如图 1，反比例函数 $y = \frac{m}{x}(x > 0)$ 的图象过点 $M(4, 3)$.

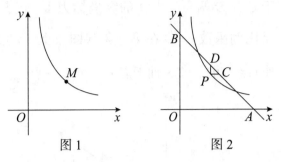

图 1   图 2

(1) 求反比例函数 $y = \frac{m}{x}$ 的解析式，判断点 $(2, 8)$ 在不在该函数图象上，并说明理由.

(2) 反比例函数 $y = \frac{m}{x}(1 \leqslant x \leqslant 6)$ 的图象向左平移 2 个单位长度，求平移过程中图象所扫过的面积.

(3) 如图 2，直线 l：$y = -x + 8$ 与 x 轴、y 轴分别交于点 A，B，点 P 是直线 l 下方反比例函数 $y = \frac{m}{x}$ 图象上一个动点，过点 P 分别作 $PC /\!/ x$ 轴交直线 l 于点 C，作 $PD /\!/ y$ 轴交直线 l 于点 D，请判断 $AC \cdot BD$ 的值是否发生变化，并说明理由. 如果不变化，求出这个值.

8. 如图, 直线 l: $y = \dfrac{2}{3}x - 3$ 与反比例函数 $y = \dfrac{k}{x}$ 的图象交于 A, B 两点, 与 x, y 轴分别交于 C, D 两点, 点 A 的纵坐标为 1, 点 E 是反比例函数 $y = \dfrac{k}{x}$ 在第一象限图象上一动点, 作直线 DE, 交 x 轴于点 F.

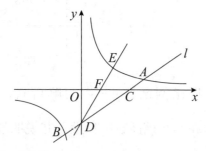

(1) 求 k 的值.

(2) 当 $OF : CF = 2 : 7$ 时, 求点 E 的坐标.

(3) 根据图象请你直接写出不等式组
$$\begin{cases} \dfrac{2}{3}x - 3 > 0, \\ \dfrac{2}{3}x - 3 < \dfrac{k}{x} \end{cases}$$ 的解集.

(4) 点 G 是 x 轴上一点, 点 P 是平面内一点, 在 (2) 的条件下, 试判断是否存在这样的点 P, 使以 A, G, E, P 为顶点的四边形是矩形? 若存在, 请直接写出点 P 的坐标; 若不存在, 请说明理由.

能力清

1. 如图, 矩形 $ABCD$ 的顶点 A 在第一象限, $AB /\!/ x$ 轴, $AD /\!/ y$ 轴且对角线的交点与原点 O 重合. 在边 AB 从小于 AD 到大于 AD 的变化过程中, 若矩形 $ABCD$ 的周长始终保持不变, 则经过动点 A 的反比例函数 $y = \dfrac{k}{x}(k \neq 0)$ 中 k 的值的变化情况是 ( )

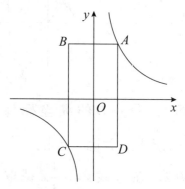

A. 先增大后减小　　B. 先减小后增大
C. 不变　　　　　　D. 一直增大

2. 如图, $\square ABCO$ 的边 OA 在 x 轴的正半轴上, $OA = 5$, 反比例函数 $y = \dfrac{k}{x}(x > 0)$ 的图象经过点 $C(1, 4)$.

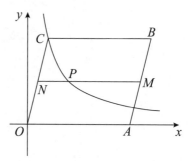

(1) 求反比例函数的解析式;

(2) P 为反比例函数图象上一动点, 过点 P 作 $MN /\!/ x$ 轴交 OC 于点 N, 交 AB 于点 M, 当点 P 的纵坐标为 2 时, 求 $\dfrac{PN}{PM}$ 的值.

3. 如图，直线 $y = 2x + 6$ 与反比例函数 $y = \dfrac{k}{x}(x > 0)$ 的图象交于点 $A(1, m)$，与 x 轴交于点 B，与 y 轴交于点 D.

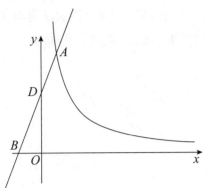

(1) 求 m 的值和反比例函数的解析式；

(2) 观察图象，直接写出不等式 $2x + 6 - \dfrac{k}{x} > 0$ 的解集；

(3) 在反比例函数图象的第一象限上有一动点 M，当 $S_{\triangle BDM} > S_{\triangle BOD}$ 时，直接写出点 M 纵坐标 y_M 的取值范围.

4. ⊙易错 如图，一次函数 $y = 2x - b$ 的图象与反比例函数 $y = \dfrac{k}{x}$ 的图象交于 A，B 两点，与 x 轴、y 轴分别交于 C，D 两点，且点 A 的坐标为 $(3, 2)$.

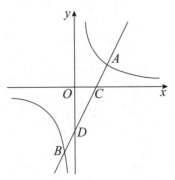

(1) 求一次函数和反比例函数的解析式.

(2) 求 $\triangle AOB$ 的面积.

(3) 点 P 为反比例函数图象上的一个动点，$PM \perp x$ 轴于点 M，是否存在以 P，M，O 为顶点的三角形与 $\triangle COD$ 相似？若存在，直接写出点 P 的坐标；若不存在，请说明理由.

5. 如图，菱形 $OBAC$ 的顶点 A 在反比例函数 $y = \dfrac{k}{x}(x > 0)$ 的图象上，点 B 在 y 轴上，点 C 为 $(4, 3)$.

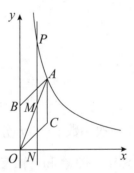

(1) 求 k 的值；

(2) 点 P 为反比例函数图象上一个动点，过点 P 作 $PN \perp x$ 轴于点 N，交 OA 于点 M，若 $PM = MN$，求点 P 的坐标.

6. 如图，矩形 $OABC$ 放置在平面直角坐标系中，点 A, C 分别在 x 轴、y 轴的正半轴上，点 B 的坐标是 $(2, m)$，其中 $m > 2$，反比例函数 $y = \dfrac{8}{x}(x > 0)$ 的图象交 AB 交于点 D.

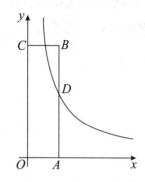

(1) $BD = $ _____（用 m 的代数式表示）.

(2) 设点 P 为该反比例函数图象上的动点，且它的横坐标恰好等于 m，连接 PB, PD.

① 若 $\triangle PBD$ 的面积比矩形 $OABC$ 的面积多 4，求 m 的值；

② 现将点 D 绕点 P 逆时针旋转 $90°$ 得到点 E，若点 E 恰好落在 x 轴上，求 m 的值.

7. 如图，已知一次函数 $y = x + b$ 分别与反比例函数 $y = \dfrac{k}{x}(x > 0)$ 的图象和 x 轴交于点 $A(a, 2)$，$B(2, 0)$.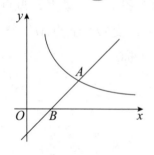

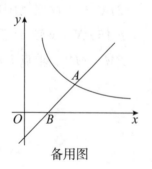

备用图

(1) 求 b 和 k 的值；

(2) C 为直线 AB 上一动点，过点 C 作 x 轴的平行线，与反比例函数 $y = \dfrac{k}{x}(x > 0)$ 交于点 D，若四边形 $OBCD$ 为平行四边形，求点 C 的坐标；

(3) 我们把两直角边之比为 $1 : 2$ 的直角三角形称为"黄金直角三角形"，点 P 为点 A 右侧 x 轴上一动点，Q 为反比例函数 $y = \dfrac{k}{x}(x > 0)$ 上一点，当三角形 APQ 是以 AQ 为斜边的"黄金直角三角形"时，求点 P 的坐标.

8. 如图，在平面直角坐标系中，一次函数 $y = kx + b$ 的图象经过点 $A(2, 0)$，$B(0, 1)$，交反比例函数 $y = \dfrac{m}{x}(x > 0)$ 的图象于点 $C(3, n)$，点 E 是反比例函数图象上的一动点，横坐标为 $t(0 < t < 3)$，$EF \parallel y$ 轴交直线 AB 于点 F, D 是 y 轴上任意一点，连接 DE，DF.

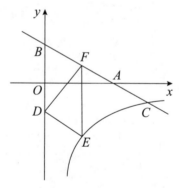

(1) 求一次函数和反比例函数的解析式；

(2) 当 t 为何值时，$\triangle DEF$ 为等腰直角三角形；

(3) 点 M 是一次函数图象上一动点，点 N 是反比例函数图象上一动点，当四边形 $BOMN$ 为平行四边形时，求出点 M 的坐标.

中考清

1. （淮安中考）如图，等腰 $\triangle ABC$ 的两个顶点 $A(-1, -4)$，$B(-4, -1)$ 在反比例函数 $y = \dfrac{k_1}{x}$ $(x<0)$ 的图象上，$AC=BC$. 过点 C 作边 AB 的垂线交反比例函数 $y = \dfrac{k_1}{x}$ $(x<0)$ 的图象于点 D，动点 P 从点 D 出发，沿射线 CD 方向运动 $3\sqrt{2}$ 个单位长度，到达反比例函数 $y = \dfrac{k_2}{x}$ $(x>0)$ 图象上一点，则 $k_2 = $ _____.

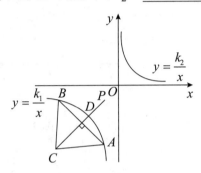

2. （绵阳中考）如图，一次函数 $y = k_1 x + b$ 与反比例函数 $y = \dfrac{k_2}{x}$ 在第一象限交于 $M(2, 8)$，N 两点，NA 垂直 x 轴于点 A，O 为坐标原点，四边形 $OANM$ 的面积为 38.

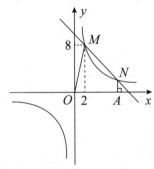

(1) 求反比例函数及一次函数的解析式；

(2) 点 P 是反比例函数第三象限内的图象上一动点，请简要描述使 $\triangle PMN$ 的面积最小时点 P 的位置（不需证明），并求出点 P 的坐标和 $\triangle PMN$ 面积的最小值.

3. （湖州中考）已知在平面直角坐标系 xOy 中，点 A 是反比例函数 $y = \dfrac{1}{x}$ $(x>0)$ 图象上的一个动点，连接 AO，AO 的延长线交反比例函数 $y = \dfrac{k}{x}$ $(k>0, x<0)$ 的图象于点 B，过点 A 作 $AE \perp y$ 轴于点 E.

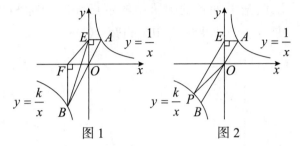

图1　　　　图2

(1) 如图 1，过点 B 作 $BF \perp x$ 轴于点 F，连接 EF.

①若 $k=1$，求证：四边形 $AEFO$ 是平行四边形；

②连接 BE，若 $k=4$，求 $\triangle BOE$ 的面积.

(2) 如图 2，过点 E 作 $EP /\!/ AB$，交反比例函数 $y = \dfrac{k}{x}$ $(k>0, x<0)$ 的图象于点 P，连接 OP.

试探究：对于确定的实数 k，动点 A 在运动过程中，$\triangle POE$ 的面积是否会发生变化？请说明理由.

4. （盐城中考）学习了图形的旋转之后，小明知道，将点 P 绕着某定点 A 顺时针旋转一定的角度 α，能得到一个新的点 P'．经过进一步探究，小明发现，当上述点 P 在某函数图象上运动时，点 P' 也随之运动，并且点 P' 的运动轨迹能形成一个新的图形．

试根据下列各题中所给的定点 A 的坐标和角度 α 的大小来解决相关问题．

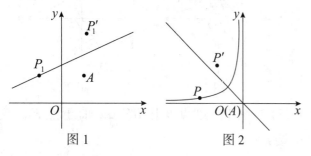

图 1   图 2

【初步感知】

如图 1，设 $A(1, 1)$，$\alpha = 90°$，点 P 是一次函数 $y = kx + b$ 图象上的动点，已知该一次函数的图象经过点 $P_1(-1, 1)$．

(1) 点 P_1 旋转后，得到的点 P_1' 的坐标为_____．

(2) 若点 P' 的运动轨迹经过点 $P_2'(2, 1)$，求原一次函数的表达式．

【深入感悟】

(3) 如图 2，设 $A(0, 0)$，$\alpha = 45°$，点 P 是反比例函数 $y = -\dfrac{1}{x}(x < 0)$ 的图象上的动点，过点 P' 作二、四象限角平分线的垂线，垂足为 M，求 $\triangle OMP'$ 的面积．

【灵活运用】

(4) 如图 3，设 $A(1, -\sqrt{3})$，$\alpha = 60°$，点 P 是二次函数 $y = \dfrac{1}{2}x^2 + 2\sqrt{3}x + 7$ 图象上的动点，已知点 $B(2, 0)$，$C(3, 0)$，试探究 $\triangle BCP'$ 的面积是否有最小值．若有，求出该最小值；若没有，请说明理由．

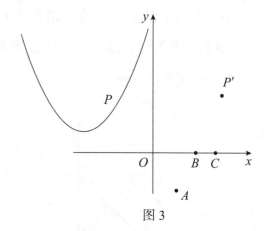

图 3

第五章 函数探究问题

考点 1 函数中的新定义问题

● **什么是新定义问题?**

"新定义"问题,指的是用下定义的方式,给出一个新的运算、符号、概念、图形或性质等,需要同学们能"化生为熟""现学现用",结合已有知识、能力进行理解,进而进行运算、推理、迁移的一种题型. 这类题型往往是教材中一些数学概念的拓展、变式,是近几年中考数学的命题热点.

● **题型分类**

1. 定义新运算:用一个符号和已知运算表达式表示一种新的运算. 解决这类问题的关键是理解新运算规定的规则,明白其中的算理算法,运算时,要严格按照新定义的运算规则,转化为已学过的运算形式,然后按正确的运算顺序进行计算.

2. 定义新符号:定义一个新的数学符号,同学们需要读懂符号,了解新符号所代表的意义,理解试题对新符号的规定,并将新符号与已学知识联系起来,将它转化成熟悉的知识,然后利用已有的知识和经验来解决问题.

3. 定义新概念:对已学过的概念、属性进行适当改变、类比或引申,从而定义一个新的概念,这类试题一般遵循学习数学概念的过程(学习概念→巩固概念→运用概念)进行命制. 解决这类试题的关键是理解新概念,在把握本质的基础上对问题做出解答.

4. 定义新图形:一般的呈现形式为"给出新图形定义→了解新图形结构→理解和运用新图形性质",理解新图形性质是解题的关键.

● **解题技巧**

1. 读懂题目,搜集信息,理解本质.

   要想做好新定义问题,关键在于读懂题目中所给新定义的信息,真正理解新概念的本质. 题目中可能会给出很多信息,有些是无关紧要的,有些是重要的,我们一定要抓住关键词或关键信息,彻底弄懂其问题的本质.

2. 新定义问题一般与代数知识结合较多,需多关注初中数学中以下几个部分的代数知识:

   ①实数的运算;

   ②平面直角坐标系、反比例函数、一次函数、二次函数;

   ③一元一次方程、一元二次方程、分式方程.

3. 熟练掌握和运用数学的常用思想方法.

   我们在解决新定义问题时,往往都是利用现有的知识,并结合一些重要的数学思想方法去解决问题.

基础清

1. 我们定义一种新函数：形如 $y=\left|ax^2+bx+c\right|$ $(a\neq0,\ b^2-4ac>0)$ 的函数叫做"鹊桥"函数. 小王同学画出了"鹊桥"函数 $y=\left|x^2+2x-3\right|$ 的图象（如图所示），下列结论错误的是 ( )

A. 图象具有对称性，对称轴是直线 $x=-1$

B. 当 $x=-1$ 时，函数有最大值 4

C. 当 $x=-3$ 或 $x=1$ 时，函数有最小值 0

D. 当 $-1<x<1$ 或 $x<-3$ 时，函数值 y 随 x 值的增大而减小

2. 新定义：若两个函数图象有公共点，则称这两个函数图象为"牵手"函数. 已知抛物线 $y=x^2-2mx+m^2-m+2$ 与线段 $y=m(-3\leqslant x\leqslant1)$ 是"牵手"函数，则 m 的取值范围是 ( )

A. $m\geqslant1$ B. $1\leqslant m\leqslant3$

C. $m\leqslant1$ 或 $m\geqslant3$ D. $m\leqslant3$

3. 易错 定义：在函数中，我们把关于 x 的一次函数 $y=mx+n$ 与 $y=nx+m$ 称为一组对称函数，如 $y=-2x+3$ 与 $y=3x-2$ 是一组对称函数. 则 $y=-6x+4$ 的对称函数与 y 轴的交点坐标为_____.

4. 新定义：函数图象上任意一点 $P(x,y)$，$y-x$ 称为该点的"坐标差"，函数图象上所有点的"坐标差"的最大值称为该函数的"特征值". 一次函数 $y=2x+3(-2\leqslant x\leqslant1)$ 的"特征值"是_____.

5. 定义：对于给定的两个函数，任取自变量 x 的一个值，当 $x<0$ 时，它们对应的函数值互为相反数；当 $x\geqslant0$ 时，它们对应的函数值相等，我们把这样的两个函数称作互为"友好"函数，例如：一次函数 $y=x-2$，它的"友好"

函数为 $y=\begin{cases}-x+2(x<0),\\ x-2(x\geqslant0).\end{cases}$

(1) 直接写出一次函数 $y=-2x+1$ 的"友好"函数；

(2) 已知点 $A(3,11)$ 在一次函数 $y=ax-1$ 的"友好"函数的图象上，求 a 的值；

(3) 已知点 $B(m,3)$ 在一次函数 $y=2x-1$ 的"友好"函数的图象上，求 m 的值.

6. 定义：在平面直角坐标系 xOy 中，函数图象上到两条坐标轴的距离之积等于 $n(n\neq0)$ 的点，叫做该函数图象的"n 阶积点". 例如，点 $(1,1)$ 为反比例函数 $y=\dfrac{1}{x}$ 图象的"1 阶积点"，点 $\left(3,-\dfrac{3}{2}\right)$ 为一次函数 $y=-\dfrac{3}{2}x+3$ 图象的"$\dfrac{9}{2}$ 阶积点".

(1) 若点 $(-2,-2)$ 为 y 关于 x 的二次函数 $y=mx^2$ 图象的"n 阶积点"，则 n 的值等于_____，m 的值等于_____；

(2) 若 y 关于 x 的一次函数 $y=mx+2$ 的图象经过一次函数 $y=x-1$ 图象的"2 阶积点"，求 m 的值；

(3) 若 y 关于 x 的一次函数 $y=nx+3n-6$ 图象的"n 阶积点"恰好有 3 个，求 n 的值.

7. 一般地，对于已知一次函数 $y_1 = ax + b$，$y_2 = cx + d$（其中 a，b，c，d 为常数，且 $ac < 0$），定义一个新函数 $y = \sqrt{y_1 y_2}$，称 y 是 y_1 与 y_2 的算术中项，y 是 x 的算术中项函数.

(1) 如：一次函数 $y_1 = \frac{1}{2}x - 4$，$y_2 = -\frac{1}{3}x + 6$，y 是 x 的算术中项函数，即 $y = \sqrt{\left(\frac{1}{2}x - 4\right)\left(-\frac{1}{3}x + 6\right)}$.

① 自变量 x 的取值范围是 _____，当 $x =$ _____ 时，y 有最大值.

② 根据函数研究的途径与方法，请填写下表，并在图1中描点、连线，画出此函数的大致图象.

x	8	9	10	12	13	14	16	17	18
y	0	1.2	1.6	___	2.04	2	___	1.2	0

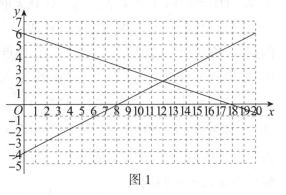

图1

③ 请写出一条此函数可能有的性质：_____
_____.

(2) 如图2，已知一次函数 $y_1 = \frac{1}{2}x + 2$，$y_2 = -2x + 6$ 的图象交于点 E，两个函数分别与 x 轴交于点 A，C，与 y 轴交于点 B，D，y 是 x 的算术中项函数，即 $y = \sqrt{\left(\frac{1}{2}x + 2\right)(-2x + 6)}$.

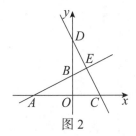

图2

① 判断：点 A，C，E 是否在此算术中项函数的图象上.

② 在平面直角坐标系中是否存在一点，到此算术中项函数图象上所有点的距离相等？如果存在，请求出这个点；如果不存在，请说明理由.

能力清

1. 对于任意的实数 m，n，定义符号 $\max(m, n)$ 的含义为 m，n 之间的最大值，如 $\max(3, 2) = 3$，$\max(-1, 2) = 2$. 定义一个新函数：$y = \max\left(-\frac{1}{4}x^2 + x + \frac{9}{4}, |x|\right)$，则 $y \geqslant 3$ 时，x 的取值范围为 （ ）
A. $x \leqslant -3$ 或 $x \geqslant 1$ 　　 B. $x \leqslant -1$ 或 $1 \leqslant x \leqslant 3$
C. $-1 \leqslant x \leqslant 3$ 　　 D. $x \leqslant -3$ 或 $x \geqslant 3$

2. ⊗易错 定义一种新函数：对于给定的一次函数 $y = kx + b(k \neq 0)$，我们称函数 $y = \begin{cases} kx + b(x \geqslant 0), \\ -kx - b(x < 0) \end{cases}$ 是一次函数 $y = kx + b(k \neq 0)$ 的"相关函数". 已知一次函数 $y = 2x - 1$，若点 $A(a, 3)$ 在该函数的"相关函数"的图象上，则 a 的值为 _____.

3. 已知函数 $y_1 = 2kx + k$ 与函数 $y_2 = x^2 - 2x + 3$，定义新函数 $y = y_2 - y_1$.
(1) 若 $k = 2$，则新函数 $y =$ _____.
(2) 若新函数 y 的解析式为 $y = x^2 + bx - 2$，则 $k =$ _____，$b =$ _____.
(3) 设新函数 y 的顶点为 (m, n).
① 当 k 为何值时，n 有最大值，并求出最大值；
② 求 n 与 m 的函数解析式.

4. 新定义：如果函数 G 的图象与直线 l 相交于点 $A(x_1, y_1)$ 和点 $B(x_2, y_2)$，那么我们把 $|x_1-x_2|$ 叫做函数 G 在直线 l 上的"截距".

(1) 求双曲线 G：$y=\dfrac{4}{x}$ 在直线 l：$y=-2x+6$ 上的"截距".

(2) 若抛物线 $y=2x^2+(2-b)x$ 与直线 $y=-x+b$ 相交于点 $A(x_1, y_1)$ 和点 $B(x_2, y_2)$，若"截距"为 $\sqrt{6}$，且 $x_1<x_2<0$，求 b 的值.

(3) 设 m，n 为正整数，且 $m\neq 2$，抛物线 $y=x^2+(3-mt)x-3mt$ 在 x 轴上的"截距"为 d_1，抛物线 $y=-x^2+(2t-n)x+2nt$ 在 x 轴上的"截距"为 d_2. 如果 $d_1\geq d_2$ 对一切实数 t 恒成立，求 m，n 的值.

5. ⊙易错 定义：若一个函数图象上存在纵坐标是横坐标 2 倍的点，则把该函数称为"青一函数"，该点称为"青一点". 例如："青一函数" $y=x+1$，其"青一点"为 $(1, 2)$. ▶

(1) ①判断：函数 $y=2x+3$ _____（填"是"或"不是"）"青一函数"；

②函数 $y=\dfrac{8}{x}$ 的图象上的"青一点"是_____.

(2) 若抛物线 $y=(m-1)x^2+mx+\dfrac{1}{4}m$ 上有两个"青一点"，求 m 的取值范围.

(3) 若函数 $y=x^2+(m-k+2)x+\dfrac{n}{4}-\dfrac{k}{2}$ 的图象上存在唯一的一个"青一点"，且当 $-1\leq m\leq 3$ 时，n 的最小值为 k，求 k 的值.

6. 定义：(i) 如果两个函数 y_1，y_2，存在 x 取同一个值，使得 $y_1=y_2$，那么称 y_1，y_2 为"合作函数"，称对应 x 的值为 y_1，y_2 的"合作点"；

(ii) 如果两个函数 y_1，y_2 为"合作函数"，那么 y_1+y_2 的最大值称为 y_1，y_2 的"共赢值".

(1) 判断函数 $y=x+m$ 与 $y=3x-1(|x|\leq 2)$ 是否为"合作函数". 如果是，请求出"合作点"；如果不是，请说明理由.

(2) 已知函数 $y=x+m$ 与 $y=x^2-(2m+1)x+(m^2+3m-3)(0\leq x\leq 5)$ 是"合作函数"，且有唯一"合作点".

①求出 m 的取值范围；

②若它们的"共赢值"为 18，试求出 m 的值.

一本练透初中数学函数

130

7. 定义：若一个函数图象上存在纵坐标与横坐标互为相反数的点，则称该点为这个函数图象的"互逆点".

(1) 若点 $M(-2, m)$ 是一次函数 $y = kx + 6$ 的图象上的"互逆点"，则 $k =$ _____；若点 $N(n, -n)$ 是函数 $y = \dfrac{5}{3 - 2x}$ 的图象上的"互逆点"，则 $n =$ _____.

(2) 若点 $P(p, 3)$ 是二次函数 $y = x^2 + bx + c$ 的图象上唯一的"互逆点"，求这个二次函数的解析式.

(3) 若二次函数 $y = Ax^2 + bx + c$（A，b 是常数，$A > 0$）的图象过点 $(0, 2)$，且图象上存在两个不同的"互逆点" $A(x_1, -x_1)$，$B(x_2, -x_2)$，且满足 $-1 < x_1 < 1$，$|x_1 - x_2| = 2$，如果 $z = b^2 + 2b + 2$，请求出 z 的取值范围.

8. 对某一个函数给出如下定义：如果存在实数 M，对于任意的函数值 y，都满足 $y \leq M$，那么称这个函数是有上界函数. 在所有满足条件的 M 中，其最小值称为这个函数的上确界. 例如，函数 $y = -(x - 3)^2 + 2$ 是有上界函数，其上确界是 2.

(1) 函数 ① $y = -2x + 3$（$x \geq 5$），② $y = x^2 + 3x + 4$，③ $y = -2x^2 + 4x + 1$ 中是有上界函数的为 _____（填序号），请挑选其中的任意一个有上界函数求出其上确界；

(2) 如果函数 $y = x^2 - 2ax + 3$（$1 \leq x \leq 5$）是以 3 为上确界的有上界函数，求实数 a 的值.

中考清

1. （雅安中考）定义：$\min\{a, b\} = \begin{cases} a & (a \leq b), \\ b & (a > b), \end{cases}$ 若函数 $y = \min\{x + 1, -x^2 + 2x + 3\}$，则该函数的最大值为（　　）

A. 0　　　B. 2　　　C. 3　　　D. 4

2. （贵港中考）我们定义一种新函数：形如 $y = |ax^2 + bx + c|$（$a \neq 0$，且 $b^2 - 4ac > 0$）的函数叫做"鹊桥"函数. 小丽同学画出了"鹊桥"函数 $y = |x^2 - 2x - 3|$ 的图象（如图所示），并写出下列五个结论：①图象与坐标轴的交点为 $(-1, 0)$，$(3, 0)$ 和 $(0, 3)$；②图象具有对称性，对称轴是直线 $x = 1$；③当 $-1 \leq x \leq 1$ 或 $x \geq 3$ 时，函数值 y 随 x 值的增大而增大；④当 $x = -1$ 或 $x = 3$ 时，函数的最小值是 0；⑤当 $x = 1$ 时，函数的最大值是 4. 其中正确结论的个数是 _____.

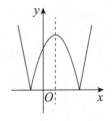

3. （南通中考）定义：若一个函数图象上存在横、纵坐标相等的点，则称该点为这个函数图象的"等值点"。例如，点 $(1, 1)$ 是函数 $y = \dfrac{1}{2}x + \dfrac{1}{2}$ 的图象的"等值点"。 📷

(1) 分别判断函数 $y = x + 2$，$y = x^2 - x$ 的图象上是否存在"等值点"。如果存在，求出"等值点"的坐标；如果不存在，说明理由。

(2) 设函数 $y = \dfrac{3}{x}(x > 0)$，$y = -x + b$ 的图象的"等值点"分别为点 A，B，过点 B 作 $BC \perp x$ 轴，垂足为 C。当 $\triangle ABC$ 的面积为 3 时，求 b 的值。

(3) 若函数 $y = x^2 - 2(x \geq m)$ 的图象记为 W_1，将其沿直线 $x = m$ 翻折后的图象记为 W_2。当 W_1，W_2 两部分组成的图象上恰有 2 个"等值点"时，直接写出 m 的取值范围。

4. （南通中考）定义：函数图象上到两坐标轴的距离都不大于 $n(n \geq 0)$ 的点叫做这个函数图象的"n 阶方点"。例如，点 $\left(\dfrac{1}{3}, \dfrac{1}{3}\right)$ 是函数 $y = x$ 图象的"$\dfrac{1}{2}$ 阶方点"；点 $(2, 1)$ 是函数 $y = \dfrac{2}{x}$ 图象的"2 阶方点"。

(1) 在 ① $\left(-2, -\dfrac{1}{2}\right)$；② $(-1, -1)$；③ $(1, 1)$ 三点中，是反比例函数 $y = \dfrac{1}{x}$ 图象的"1 阶方点"的有 _____（填序号）。

(2) 若 y 关于 x 的一次函数 $y = ax - 3a + 1$ 图象的"2 阶方点"有且只有一个，求 a 的值。

(3) 若 y 关于 x 的二次函数 $y = -(x - n)^2 - 2n + 1$ 图象的"n 阶方点"一定存在，请直接写出 n 的取值范围。

考点 ② 函数中的探究综合

● 新函数图象探究题的解题技巧

根据函数关系式,准确画图 (画准图是关键).

如何画准图?
需要掌握常见函数关系式大致的函数图形.

● 常考新函数类型

1. 含绝对值的新函数;	4. 组合函数;
2. 分段函数;	5. 图象平移;
3. 高次函数;	6. 函数与几何图形综合.

习题清单

答案 P103

📘 基础清

1. 探究函数 $y=\dfrac{1}{x-2}+3$ 的图象发现,可以由 $y=\dfrac{1}{x}$ 的图象先向右平移 2 个单位长度,再向上平移 3 个单位长度得到. 根据以上信息判断,下列直线中与函数 $y=\dfrac{1}{x-1}-3$ 的图象没有公共点的是 （ ）
   A. 经过点 $(0, 3)$ 且平行于 x 轴的直线
   B. 经过点 $(0, -3)$ 且平行于 x 轴的直线
   C. 经过点 $(-1, 0)$ 且平行于 y 轴的直线
   D. 经过点 $(3, 0)$ 且平行于 y 轴的直线

2. 在同一平面直角坐标系中,已知函数 $y_1=ax^2+bx$,$y_2=ax+b(ab\neq 0)$,函数 y_2 的图象经过 y_1 的顶点. 请完成下列探究:
   (1) 函数 $y_1=ax^2+bx$ 的对称轴为直线_____;
   (2) 若 $a>0$,当 $y_1>y_2$ 时,自变量 x 的取值范围是_____.

3. [易错]《见微知著》谈到:从一个简单的经典问题出发,从特殊到一般,由简单到复杂;从部分到整体,由低维到高维. 知识与方法上的类比是探索发展的重要途径,是思想阀门发现新问题、新结论的重要方法. 在处理分数和分式的问题时,有时我们可以将分数

(或分式) 拆分成一个整数 (或整式) 与一个真分数 (或分式) 的和 (或差) 的形式,继而解决问题,我们称这种方法为分离常数法.

示例:将分式 $\dfrac{3x-2}{x-1}$ 分离常数.

$\dfrac{3x-2}{x-1}=\dfrac{3(x-1)+m}{x-1}=3+\dfrac{m}{x-1}$.

(1) 示例中,$m=$_____.

(2) 参考示例方法,将分式 $\dfrac{3x+8}{x+2}$ 分离常数.

(3) 探究函数 $y=\dfrac{3x+8}{x+2}$ 的性质:

① x 的取值范围是_____,y 的取值范围是_____;

② 当 x 变化时,y 的变化规律是_____;

③ 如果某个点的横、纵坐标均为整数,那么称这个点为"整数点",求函数 $y=\dfrac{3x+8}{x+2}$ 图象上所有"整数点"的坐标.

4. 易错 小云同学根据函数的学习经验，对函

数 $y_1 = \begin{cases} -\dfrac{4}{x}(x \leqslant -2), \\ kx + b(x > -2) \end{cases}$ 进行探究，在如图所示

的平面直角坐标系中已画出函数 y_1 在 $x \leqslant -2$ 时的图象，且已知：当 $x > -2$ 时，函数 y_1 的图象经过点 $(0, 1)$ 和 $(2, 0)$.

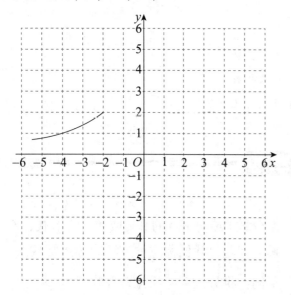

(1) 请你根据已知条件，在平面直角坐标系中，画出当 $x > -2$ 时函数 y_1 的图象.

(2) 观察函数 y_1 的图象，下列关于函数 y_1 的三个性质描述正确的有_____(填序号).

①当 $x \leqslant -2$ 时，y_1 随 x 的增大而增大；

②当 $x > -2$ 时，y_1 随 x 的增大而减小；

③当 $x = -2$ 时，函数 y_1 取到最大值 4.

(3) 若函数 $y_2 = -\dfrac{1}{4} + c$ 的图象与函数 y_1 的图象有交点，求出常数 c 的取值范围.

5. 易错 探究函数性质时，我们经历了列表、描点、连线画出函数图象，观察分析图象特征，概括函数性质的过程. 结合已有的学习经验，请画出函数 $y = \dfrac{4}{x-1} + 1$ 的图象并探究该函数的性质. 📷

(1) 绘制函数图象.

①列表：自变量 x 的取值范围是_____.

x	$\cdots$	-3	-2	-1	0	$\cdots$	2	3	4	5	$\cdots$
y	$\cdots$	0	$-\dfrac{1}{3}$	m	-3	$\cdots$	5	3	$\dfrac{7}{3}$	2	$\cdots$

如表是 x 与 y 的几组对应值，其中 $m=$_____.

②描点：如图，请在所给的平面直角坐标系中补充描出点 $(-1, m)$.

③连线：请在所给的平面直角坐标系中画出函数图象.

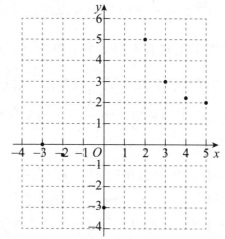

(2) 探究函数性质.

请写出函数 $y = \dfrac{4}{x-1} + 1$ 的一条性质：_____

_____.

(3) 运用函数图象及性质.

根据函数图象，不等式 $\dfrac{4}{x-1} + 1 < -1$ 的解集是

_____.

6. 小东参照学习函数的过程与方法，探究函数 $y = \dfrac{x-2}{x}$ 的图象与性质.

因为 $y = \dfrac{x-2}{x} = -\dfrac{2}{x} + 1$ ，所以可以对比反比例

函数 $y = -\dfrac{2}{x}$ 来探究.

【取值列表】如表列出了 y 与 x 的几组对应值，则 $m =$ ＿＿＿＿＿，$n =$ ＿＿＿＿＿.

x	···	-4	-3	-2	-1	$-\dfrac{1}{2}$	$\dfrac{1}{2}$	1	2	3	4	···
$y=-\dfrac{2}{x}$	···	$\dfrac{1}{2}$	$\dfrac{2}{3}$	1	2	4	-4	-2	-1	$-\dfrac{2}{3}$	$-\dfrac{1}{2}$	···
$y=\dfrac{x-2}{x}$	···	$\dfrac{3}{2}$	$\dfrac{5}{3}$	2	3	m	-3	-1	0	n	$\dfrac{1}{2}$	···

【描点连线】在平面直角坐标系中，已画出函数 $y=-\dfrac{2}{x}$ 的图象，以自变量 x 的取值为横坐标，以 $y=\dfrac{x-2}{x}$ 相应的函数值为纵坐标，已描出了一些点，请再描出点 $\left(-\dfrac{1}{2},\ m\right)$ 和 $(3,\ n)$，并绘制函数 $y=\dfrac{x-2}{x}$ 的图象.

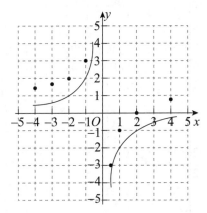

【观察探究】观察图象并分析表格，解决下列问题.

(1) 判断下列命题的真假，真命题打"√"，假命题打"×".

①函数 $y=\dfrac{x-2}{x}$ 随 x 的增大而增大. （　　）

②函数 $y=\dfrac{x-2}{x}$ 的图象可由 $y=-\dfrac{2}{x}$ 的图象向上平移 1 个单位长度得到. （　　）

③函数 $y=\dfrac{x-2}{x}$ 的图象关于点 $(0,\ 1)$ 成中心对称. （　　）

④函数 $y=\dfrac{x-2}{x}$ 的图象与直线 $y=1$ 没有公共点. （　　）

(2) 利用函数 $y=\dfrac{x-2}{x}$ 的图象直接写出当 $y \geqslant -1$ 时，x 的取值范围.

7. 探究函数 $y=|x|-1$ 的图象与性质. 请按下面的探究过程，补充完整.

(1) 函数 $y=|x|-1$ 的自变量 x 的取值范围是 ＿＿＿＿＿.

(2) 下表是 x 与 y 的几组对应值.

x	···	-4	-3	-2	-1	0	1	2	3	···
y	···	3	2	m	0	-1	0	1	2	···

m 的值为 ＿＿＿＿＿.

(3) 在如图网格中，建立平面直角坐标系 xOy，描出表中各对对应值为坐标的点，并画出该函数的图象.

(4) 根据画出的函数图象，写出此函数的两条性质.

8. 小明根据学习一次函数的经验，对函数 $y=|x+1|+k$ 的图象与性质进行了探究. 小明的探究过程如下：

列表：

x	$\cdots$	-4	-3	-2	-1	0	1	2	3	4	$\cdots$
y	$\cdots$	4	3	2	1	2	3	4	5	m	$\cdots$

(1) 求 m 和 k 的值.

(2) 以自变量 x 的值为横坐标，相应的函数值 y 为纵坐标，建立平面直角坐标系，请描出表格中的点，并连线.

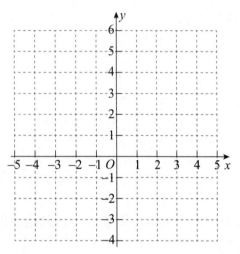

(3) 根据表格及函数图象，探究函数性质：

①该函数的最小值为_____；

②当 $x>-1$ 时，函数值 y 随自变量 x 的增大而_____(填"增大"或"减小")；

③若关于 x 的方程 $|x+1|=b-1$ 有两个不同的解，则 b 的取值范围为_____.

📖 能力清

1. 探索函数性质时，我们经历了列表、描点、连线画出函数图象，观察分析图象特征，概括函数性质的过程. 结合已有的学习经验，请画出函数 $y=x+\dfrac{9}{x}(x>0)$ 的图象，并探究该函数的性质.

(1) 绘制函数图象.

①列表(补全下表)：

x	$\cdots$	1	2	3	4	5	6	9	$\cdots$
y	$\cdots$	10	6.5		6.25	6.8	7.5		$\cdots$

②在如图所示的平面直角坐标系中，描出表中其余的点，并画出函数图象.

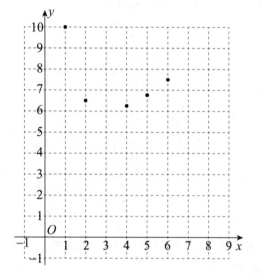

(2) 探究函数性质.

①当 $x=$_____时，y 最小，最小值为_____；

②当_____时，y 随 x 的增大而增大.

(3) 运用函数图象及性质.

根据函数图象，不等式 $x+\dfrac{9}{x}>10$ 的解集是_____.

2. 前面我们学习了一次函数、二次函数、反比例函数的图象和性质，积累了一定的学习经验，相信大家都掌握了探究函数图象和性质的方法.

下面是探究函数 $y=\dfrac{1}{2}x^2-|x|-3$ 的图象和性质的过程，阅读并回答相关问题.

列表：自变量 x 与函数 y 的对应值表.

x	$\cdots$	-5	-4	-3	-2	-1	0	1	2	3	4	5	$\cdots$
y	$\cdots$	$\dfrac{9}{2}$	1	$-\dfrac{3}{2}$	m	$-\dfrac{7}{2}$	-3	$-\dfrac{7}{2}$	-3	$-\dfrac{3}{2}$	n	$\dfrac{9}{2}$	$\cdots$

(1) ①表格中的 $m=$ _____ ，$n=$ _____ .

②描点：根据表中的数值描点 (x, y) ，请在下面的平面直角坐标系中补充描点 $(-2, m)$ 和点 $(4, n)$.

③连线：请在下面的平面直角坐标系中用光滑曲线顺次连接各点，画出函数图象.

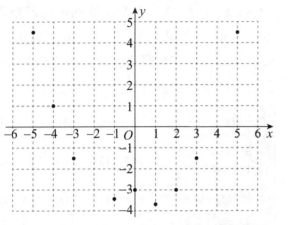

(2) 请写出该函数图象的一条性质：_____
_____ .

(3) 运用该函数图象，直接写出方程 $\dfrac{1}{2}x^2 - |x| - 3 = -3$ 的解是 $x=$ _____ .

(4) 若关于 x 的方程 $\dfrac{1}{2}x^2 - |x| = k + 3$ 有 4 个实数解，则实数 k 的取值范围是 _____ .

3. 阅读下列材料，解答相应的问题.

研究函数的图象一般要研究其形状、位置、图象特征 (如对称性). 借助图象我们可以直观地得到函数的性质. 例如，在研究正比例函数 $y=2x$ 的图象时，通过列表、描点、连线等步骤，得到如下结论：① $y=2x$ 的图象是经过原点的一条直线；② $y=2x$ 的图象经过坐标系的第一、三象限. 小文借鉴研究正比例函数 $y=2x$ 的经验，对新函数 $y=|2x|$ 的图象展开探究，过程如下：

①根据函数解析式列表.

x	$\cdots$	-3	-2	-1	0	1	2	3	$\cdots$
$y=|2x|$	$\cdots$				0	2	4	6	$\cdots$

②在如图所示的坐标系中描点、连线，画出函数的图象.

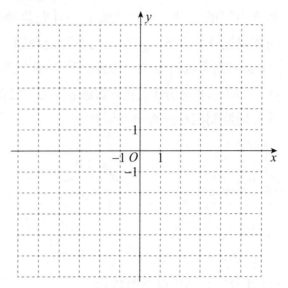

(1) 请你将小文列表、描点、连线的过程补充完整.

(2) 请从 A，B 两题中任选一题作答，我选择 _____ 题.

A. 根据小文的探索过程，类比研究 $y=2x$ 图象时得到的结论，写出函数 $y=|2x|$ 图象的两个结论.

B. 小文类比探索函数 $y=|2x|$ 图象的过程，借助平面直角坐标系，进一步研究函数 $y=|kx|$ (k 为常数，且 $k \neq 0$) 的图象. 他从特殊到一般选取 $k=3$ ，$k=-2$ ，$k=\dfrac{1}{2}$ ，$\cdots$ 等具体情况，通过列表、描点、连线等步骤，画出它们的图象，并归纳出函数 $y=|kx|$ 图象的一般结论，请你帮他总结得到的结论 (写出任意两条即可).

4. ⌖ 跨学科 【实践任务】研究小组利用函数的相关知识研究某种化学试剂的挥发情况，在两种不同的场景下做对比实验，并收集该试剂挥发过程中剩余质量随时间变化的数据.

【实验数据】收集该试剂挥发过程中剩余质量 y(克) 随时间 x(分) 变化的数据 $(0 \le x \le 20)$，并分别绘制在平面直角坐标系中，如图所示.

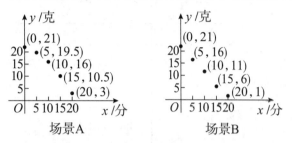

场景A   场景B

(1) 任务一：求出函数解析式.

经过描点构造函数模型来模拟两种场景下 y 随 x 变化的函数关系，发现场景 A 的图象是抛物线 $y = -0.04x^2 + bx + c$ 的一部分，场景 B 的图象是直线 $y = ax + c(a \neq 0)$ 的一部分，分别求出场景 A，B 相应的函数解析式.

(2) 任务二：探究该化学试剂的挥发情况.

查阅文献可知，该化学试剂发挥作用的最低质量为 3 克，在上述实验中，该化学试剂在哪种场景下发挥作用的时间更长？

5. 根据以下素材，探索完成任务.

【素材 1】如图是 2023 年第 19 届杭州亚运会的礼品手提袋，温州某包装厂承接了本次亚运会 23 万只礼品手提袋的生产任务.

【素材 2】该厂每个生产周期的最低产量为 3 万只，最大产量为 10 万只，生产成本、售价、利润与生产数量之间存在一定函数关系，部分生产信息如表所示：

生产数量 / 万只	3	5	6	7	9	10
生产成本 / (元 / 只)	15	14.2	13.8	13.4	12.6	12.2
售价 / (元 / 只)	17	15.8	15.2	14.6	13.4	12.8
利润 / (元 / 只)	2	1.6	1.4	1.2	0.8	0.6

问题解决：

(1)【任务 1】建立函数模型.

设该厂一个生产周期里手提袋的生产数量为 x 万只，每只手提袋的利润为 y 元，请在直角坐标系中，根据生产信息表中的数据进行描点并连线，选择合适的函数模型，并求出 y 关于 x 的函数解析式.

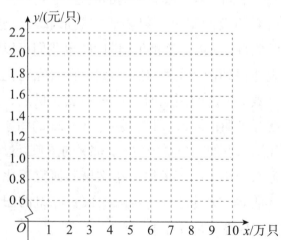

(2)【任务 2】探究函数最值.

设该厂一个生产周期里手提袋的销售总利润为 w 万元，请求出总利润 w（万元）关于生产数量 x（万只）的函数解析式，并求出生产数量为多少万只时，一个生产周期的总利润最大，最大是多少万元?

(3)【任务 3】设计最优方案.

现计划分三个生产周期生产这 23 万只手提袋，且每个生产周期的产量均为整万只，请通过计算，帮助该厂设计一个生产方案，使得销售总利润最大.

生产数量			销售总利润
周期 1	周期 2	周期 3	
____万只	____万只	____万只	____万元

6. 函数揭示了两个变量之间的关系，它的表示方法有三种：列表法、图象法、解析式法.请你根据学习函数的经验，完成对函数 $y = \dfrac{k}{x-1} + m$ 的探究. 下表是函数 y 与自变量 x 的几组对应值:

x	⋯	−3	−2	−1	0	2	3	4	5	⋯
y	⋯	−0.5	−1	−2	−5	7	4	3	2.5	⋯

(1) 函数 $y = \dfrac{k}{x-1} + m$ 自变量 x 的取值范围为_____.

(2) 根据表格中的数据，求出 k, m 的值，并在如图所示的平面直角坐标系 xOy 中，画出该函数的图象.

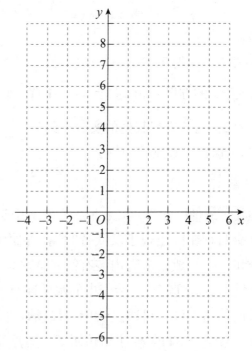

(3) 请根据画出的函数图象，直接写出该函数的一条性质：_____.

7. 小朋在学习过程中遇到一个函数 $y = \dfrac{1}{2}|x|(x-3)^2$. 下面是小朋对其探究的过程，请补充完整.

(1) 观察这个函数的解析式可知，x 的取值范围是全体实数，并且 y 有_____（填"最大"或"最小"）值，这个值是_____.

(2) 进一步研究，当 $x \geqslant 0$ 时，y 与 x 的几组对应值如下表:

x	0	$\dfrac{1}{2}$	1	$\dfrac{3}{2}$	2	$\dfrac{5}{2}$	3	$\dfrac{7}{2}$	4	⋯
y	0	$\dfrac{25}{16}$	2	$\dfrac{27}{16}$	1	$\dfrac{5}{16}$	0	$\dfrac{7}{16}$	2	⋯

结合上表，画出当 $x \geqslant 0$ 时，函数 $y = \dfrac{1}{2}|x|(x-3)^2$ 的图象.

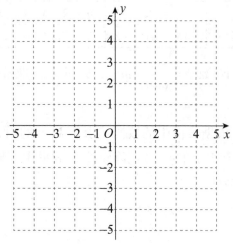

(3) 结合 (1)(2) 的分析, 解决问题:

若关于 x 的方程 $\frac{1}{2}|x|(x-3)^2 = kx-1$ 有一个实数

根为 2, 则该方程其他的实数根约为 _____

(结果保留小数点后一位).

中考清

1. 数学文化 (长春中考) 《九章算术》中记载, 浮箭漏 (图 1) 出现于汉武帝时期, 它由供水壶和箭壶组成, 箭壶内装有箭尺, 水匀速地从供水壶流到箭壶, 箭壶中的水位逐渐上升, 箭尺匀速上浮, 可通过读取箭尺读数计算时间, 某学校 STEAM 小组仿制了一套浮箭漏, 并从函数角度进行了如下实验探究:

浮箭漏示意图

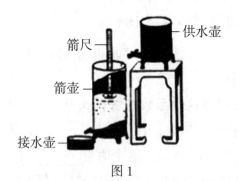

图 1

【实验观察】实验小组通过观察, 每 2 小时记录一次箭尺读数, 得到下表:

供水时间 x/ 时	0	2	4	6	8
箭尺读数 y/ 厘米	6	18	30	42	54

【探索发现】(1) 建立平面直角坐标系, 如图 2, 横轴表示供水时间 x, 纵轴表示箭尺读数 y, 描出以表格中数据为坐标的各点.

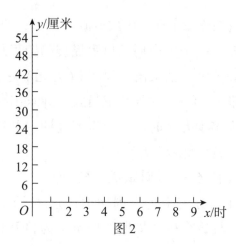

图 2

(2) 观察上述各点的分布规律, 判断它们是否在同一条直线上. 如果在同一条直线上, 求出这条直线所对应的函数表达式; 如果不在同一条直线上, 说明理由.

【结论应用】应用上述发现的规律估算:

(3) 供水时间达到 12 小时时, 箭尺的读数为多少厘米?

(4) 如果本次实验记录的开始时间是上午 8:00, 那么当箭尺读数为 90 厘米时是几点钟 (箭尺最大读数为 100 厘米)?

2. (襄阳中考) 小欣在学习了反比例函数的图象与性质后, 进一步研究了函数 $y = \frac{1}{x+1}$ 的图象与性质. 其研究过程如下:

(1) 绘制函数图象.

①列表: 如表是 x 与 y 的几组对应值, 其中 $m =$ _____;

x	$\cdots$	-4	-3	-2	$-\frac{3}{2}$	$-\frac{4}{3}$	$-\frac{2}{3}$	$-\frac{1}{2}$	0	1	2	$\cdots$
y	$\cdots$	$-\frac{1}{3}$	$-\frac{1}{2}$	-1	-2	-3	3	2	m	$\frac{1}{2}$	$\frac{1}{3}$	$\cdots$

②描点: 根据表中的数值描点 (x, y), 请补充描出点 $(0, m)$;

③连线: 用平滑的曲线顺次连接各点, 请把图象补充完整.

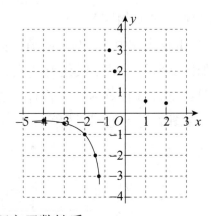

(2) 探究函数性质.

判断下列说法是否正确 (正确的填 "√"，错误的填 "×").

①函数值 y 随 x 的增大而减小. ( )

②函数图象关于原点对称. ( )

③函数图象与直线 $x=-1$ 没有交点. ( )

3. (兰州中考) 如图 1，在 Rt△ABC 中，∠ACB＝90°，$AC=3$ cm，$BC=4$ cm，M 为 AB 边上一动点，$BN⊥CM$，垂足为 N. 设 A，M 两点间的距离为 x cm($0≤x≤5$)，B，N 两点间的距离为 y cm(当点 M 和点 B 重合时，B，N 两点间的距离为 0).

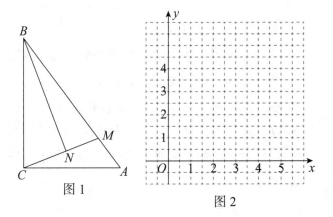

图 1　　图 2

小明根据学习函数的经验，对因变量 y 随自变量 x 的变化而变化的规律进行了探究. 下面是小明的探究过程，请补充完整.

(1) 列表：下表的已知数据是根据 A，M 两点间的距离 x 进行取点、画图、测量，得到了 y 与 x 的几组对应值：

x/cm	0	0.5	1	1.5	1.8	2	2.5	3	3.5	4	4.5	5
y/cm	4	3.96	3.79	3.47	a	2.99	2.40	1.79	1.23	0.74	0.33	0

请你通过计算，补全表格：$a=$ _____.

(2) 描点、连线：在图 2 的平面直角坐标系中，描出表中各组数值所对应的点 (x, y)，并画出函数 y 关于 x 的图象.

(3) 探究性质：随着自变量 x 的不断增大，函数 y 的变化趋势：_____.

(4) 解决问题：当 $BN=2AM$ 时，AM 的长度大约是 _____ cm(结果保留两位小数).

4. (襄阳中考) 探究函数性质时，我们经历了列表、描点、连线画出函数图象，观察分析图象特征，概括函数性质的过程. 结合已有经验，请画出函数 $y=\dfrac{6}{|x|}-|x|$ 的图象，并探究该函数性质.

(1) 绘制函数图象.

①列表：下列是 x 与 y 的几组对应值，其中 $a=$ _____；

x	…	−5	−4	−3	−2	−1	1	2	3	4	5	…
y	…	−3.8	−2.5	−1	1	5	5	a	−1	−2.5	−3.8	…

②描点：根据表中的数值描点 (x, y)，请补充描出点 $(2, a)$；

③连线：请用平滑的曲线顺次连接各点，画出函数图象.

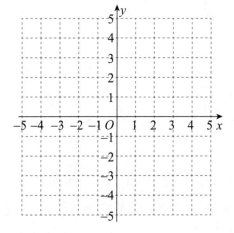

(2) 探究函数性质.

请写出函数 $y=\dfrac{6}{|x|}-|x|$ 的一条性质：_____.

(3) 运用函数图象及性质.

①写出方程 $\dfrac{6}{|x|}-|x|=5$ 的解：_____；

②写出不等式 $\dfrac{6}{|x|}-|x|≤1$ 的解集：_____.

5. ☑ 跨学科 （达州中考）【背景】在一次物理实验中，小冉同学用一固定电压为 12 V 的蓄电池，通过调节滑动变阻器来改变电流大小，完成控制灯泡 L（灯丝的阻值 $R_L = 2\ \Omega$）亮度的实验（如图），已知串联电路中，电流与电阻 R、R_L 之间关系为 $I = \dfrac{U}{R + R_L}$，通过实验得出如下数据：

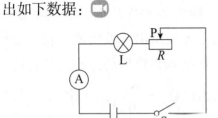

R/Ω	...	1	a	3	4	6	...
I/A	...	4	3	2.4	2	b	...

(1) $a = $ _____ ， $b = $ _____ ．

(2)【探究】根据以上实验，构建出函数 $y = \dfrac{12}{x+2}\ (x \geqslant 0)$，结合表格信息，探究函数 $y = \dfrac{12}{x+2}\ (x \geqslant 0)$ 的图象与性质．

① 在平面直角坐标系中画出对应函数 $y = \dfrac{12}{x+2}\ (x \geqslant 0)$ 的图象；

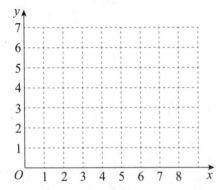

② 随着自变量 x 的不断增大，函数值 y 的变化趋势是 _____．

(3)【拓展】结合 (2) 中函数图象分析，当 $x \geqslant 0$ 时， $\dfrac{12}{x+2} \geqslant -\dfrac{3}{2}x + 6$ 的解集为 _____．

6.（连云港中考）【问题情境　建构函数】

(1) 如图 1，在矩形 $ABCD$ 中，$AB = 4$，M 是 CD 的中点，$AE \perp BM$，垂足为 E．设 $BC = x$，$AE = y$，试用含 x 的代数式表示 y．

【由数想形　新知初探】

(2) 在上述表达式中，y 与 x 成函数关系，其图象如图 2 所示．若 x 取任意实数，此时的函数图象是否具有对称性？若有，请说明理由，并在图 2 上补全函数图象．

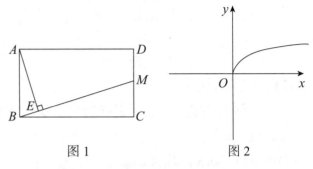

图 1　　　　图 2

【数形结合　深度探究】

(3) 在 "x 取任意实数" 的条件下，对上述函数继续探究，得出以下结论：① 函数值 y 随 x 的增大而增大；② 函数值 y 的取值范围是 $-4\sqrt{2} < y < 4\sqrt{2}$；③ 存在一条直线与该函数图象有四个交点；④ 在图象上存在四点 A，B，C，D，使得四边形 $ABCD$ 是平行四边形．其中正确的是 _____（写出所有正确结论的序号）．

【抽象回归　拓展总结】

(4) 若将 (1) 中的 "$AB = 4$" 改成 "$AB = 2k$"，此时 y 关于 x 的函数表达式是 _____；一般地，当 $k \neq 0$，x 取任意实数时，类比一次函数、反比例函数、二次函数的研究过程，探究此类函数的相关性质（直接写出三条即可）．